感知而不定名

柴鑫萌 著

中国民族文化出版社

北 京

图书在版编目（CIP）数据

感知而不定名 / 柴鑫萌著 . —北京：中国民族文化出版社有限公司，2021.3

ISBN 978-7-5122-1457-6

Ⅰ . ①感… Ⅱ . ①柴… Ⅲ . ①中国文学－当代文学－作品综合集 Ⅳ . ① I217.2

中国版本图书馆 CIP 数据核字 (2021) 第 026182 号

感知而不定名

作　　者	柴鑫萌
责任编辑	陈　馨
责任校对	李文学
装帧设计	柴鑫林
出 版 者	中国民族文化出版社　地址：北京市东城区和平里北街 14 号 邮编：100013　联系电话：010-84250639 64211754（传真）
印　　刷	北京兰星球彩色印刷有限公司
开　　本	787mm×1092mm 1/32
印　　张	10.25
字　　数	265 千字
版　　次	2021 年 3 月第 1 版第 1 次印刷
标准书号	ISBN 978-7-5122-1457-6
定　　价	78.00 元

序

　　深秋,柴鑫萌君的初著《感知而不定名》将由中国民族文化出版社正式出版发行,书名首先让人心中咯噔一下,感知啥?为何不定名?带着疑惑,余忍不住放下别的文稿,先阅读起该文来,随语境变化而沉浸书中了。

　　鑫萌是"90后",来自燕赵大地的易县,系满族守陵人柴氏的后裔。清西陵位于此界,按古法来说,故乡风水定含龙脉。华北平原边角的险峻地势,显赫旺族边缘的遗传家风,孕育了她鲜明的个性。幼习武,果敢与韧劲潜具;再学艺,情感细腻而观察敏锐。正如此,她在清华园中选择了相对属体力活的雕塑专业,研读与创作之余,间或行走于亚欧诸国,对于生活与艺术,她有所感悟,对故土的守望之意还是在文句中流露出来。

　　感知生活,表明一种状态。清华大学的本硕学业及教学辅导员,还有海外短期访问学者的经历,提供了她游走八方的基础和条件。相较学院的同龄学生而言,鑫萌去的地方要多得多,可贵的是她能珍惜此种机会,边看边想,边走边写,每次返京皆有文章出炉。她细致发掘各地的文化异同,实时记录其研究思考与访学见闻,以艺者学人的角色来解读自然变幻与生活逸事,数年下来也就积累了不少文作。

本书便由上述文章精选结集，介绍国内外的自然与人文，归纳出实地的鲜活感受，诸如中国江南水乡的清秀、西北大漠的苍茫，还有异域东瀛的精致、南欧的热烈……以及当地萌发的艺术生态。对于一位青年学人，可以频繁参与国内外特色夏令营与合作交流项目，也是她人生幸事。显然，物理空间的移动能极大拓展文化视野。

不定名艺术，表明一种追求。读硕与辅导员并行时段，工作、写作与创作填满她日常的校园生活。期间，鑫萌不时云游加考察，参展还获奖。记得有一年，其数件作品几乎同季入选了国内外几个重要展事，还获得过日本第40届国际泷富士美术奖。涉及区域广了，天地渐宽，面对自然与艺术，她领悟颇深，雕塑与文论是表达所思所想的专业方式，艺文两类作品集中体现了其面向多元时空的内心情愫与志向追求。

艺术，本就包含精神层面的思考与物质层面的实践，艺引导术之走向，术实现艺之境界。唯有理论与实践并重，才能同步将思考形成文字，汇集成书，置于大众书架之上；把追求用材料凝就，构成雕塑，置入公共空间之中。培养双重素质的难度较大，在理论积淀相对薄弱的雕塑行业更是不易。艺术永恒而有无限可能，随着时间累积，见的名家学者多了，鑫萌渐明艺术境况深远，故其独白"感知而不定名"。

昔日，师门众生闲聊，余偶尔有过感叹，中原乃是华夏古文化璀璨之地，相对于来自华南、西南之地的南方学子来说，现今身旁来自厚土原乡的后生似乎有些不足。或许听者有心且不服，鑫萌以具体成果来试图改变余本真间或武断的看法，如今，面对其书稿雅文，内心还是不免暗喜，打破成见甚好。事实上，无论来自何方，就大多数在读艺术生而言，硕士阶段就能出版个人文集者尚属凤毛麟角，作为导师真诚为之高兴与庆贺！

鑫萌现时的研究方向是"雕塑与田园艺术"。学术要求是广泛研究古今中外的田园艺术学理，以雕塑与公共艺术实践带动时下乡镇文化发展，走出校园，用专业服务基层。此需具备较大的视野与格局，在综合素质方面，她还有提升空间，冀望其于荒园中辛勤劳作，不久的将来，再造出一片神奇美妙的绿洲。

是为序。

清华大学长聘教授、博士生导师

庚子年夏至，于清华园

目录

创造新生活

杜大恺

2018.4.24

杜大恺先生（清华大学资深教授）寄语

第一章

于生活中盘桓

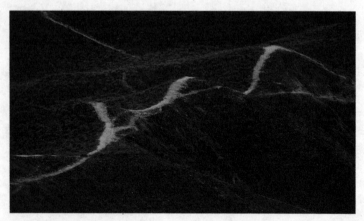

丝路行迹　摄影 / 夏敏嘉

丝路行

　　飞机在云上穿行,目的地是河西走廊最西端——敦煌,丝绸之路的探究之行即唱响序曲。

塞上敦煌

　　使臣张骞出使西域,太守仓慈励精求治,高僧鸠摩罗什倡导佛法,无数良才将相将他们的智慧、心血、信仰和追求撒在了敦煌,使得被风沙卷起的文明绵延千年而不朽。

　　敦煌位于广阔壮伟的河西走廊西端,这条狭长的、横亘在祁连山北麓,连接三大高原、沟通塔里木盆地的西部长廊,其自然风光无限、人文艺术瑰丽。一代又一代人,践行历史赋予的使命,散发点点微光,留下青春与豪气,注定了敦煌的不凡命运。《汉书》语:"敦,大也。煌,盛也。"敦煌,取盛大辉煌之意。学术界普遍认为"敦煌"一词非汉语。关于敦煌的最早记载在《史记·大宛列传》:"始,月氏居敦煌、祁连间。"张骞第一次出使西域,归来后由班固撰写《汉书·西域传》,其中写道:"乌孙本与大月氏共居敦煌、祁连间。"这里的"敦煌",有人认为是羌、突厥、月氏等语言音译的多种说法。不管由何而来,从敦煌郡的设立,到悬泉置遗址的发掘;从佛教石窟的营建,到藏经洞的发现,深埋于黄沙之下、流变于岁月之中的敦煌,拥有无尽的宝藏,已成为文明

上：途中　摄影／付天豪

下：敦煌夜景

的标志。姜亮夫在《敦煌学概论》中说:"整个人类的历史都在敦煌,它为什么不至贵?"季羡林在《敦煌学、吐鲁番学在中国文化史上的地位和作用》中评价,"世界上历史悠久、地域广阔、自成体系、影响深远的文化体系只有四个:中国、印度、希腊、伊斯兰。这四个文化体系汇流的地方只有一个,这就是中国的敦煌和新疆地区。"凝望苍茫黑夜,任由思绪霞飞,一时心生慨叹,苍茫、辽阔、坚定、敬畏全部涌上心头。

今至敦煌,不用再历经漫天黄沙、长途跋涉之艰辛了,是华夏儿女之幸事。

2019年6月25日于敦煌

千年教具

穿过寸草不生的戈壁，遥望委委佗佗的沙山，身临陡峭险峻的断崖，面向清浊混迹的党河，崖下的西千佛洞外，有参天古木、蜿蜒小路、涓涓细流，气氛静谧清幽。

西千佛洞位于莫高窟及古敦煌城西的断崖上。莫高窟又名千佛洞，故得名西千佛洞。据石室本《沙州都督府图经》残卷"寿昌县"条载："右在县东六十里，耆旧图云：汉⋯⋯佛龛，百姓渐更修营。"寿昌县即今天的敦煌县。作为敦煌艺术的重要组成部分，西千佛洞修建的朝代广泛，洞窟形制、壁画内容丰富。此行最珍贵的是看到了破损的泥塑造像，对旅客而言也许不足为奇，甚至不值一看，但对于雕塑专业的学子，正由于其破损，使我们看到了古代工匠更多的制作过程，弥足珍贵。借用董书兵老师的话："这就是最好的教具。"在我们看来，其破损也是"揭密"。

西千佛洞的石窟开凿于砂岩上，没有可供雕刻的石材，故造像多以泥塑或石胎泥塑的形式呈现。泥塑造像基本以绘塑结合的手法表现，过程大概分为几步：首先，工匠根据画稿或对象，用木制骨架搭好大致形态，用芨芨草或苇草捆绑覆盖；其次，在骨架上抹粗泥，形成坯胎，运用塑、捏、削、压、刻等塑造技法，做出具体的形象；再次，用掺有棉花、蛋清等的细泥进行修正及细节的刻画，完成整体塑像；最后，待其干燥，用涂、描、染、点等手法施以彩绘。石胎泥塑多运用在大型造像上，工匠直接在窟壁或崖壁上找到造像的大型，然后在崖壁上凿出

上：党河河畔
下：泥塑造像过程

方形孔洞,嵌入木棍,再次覆以草泥塑造,最后进行彩绘完成。石窟营建及造像基本遵循因地制宜、就地取材的原则,体现中国古代学者、工匠的智慧才能,亦渗透本土文化思想。

中国佛教泥塑造像的风格之源流、技法之运用、特征之演变等都是值得研讨的课题,西千佛洞为我们提供了"活的"教具。

2019 年 6 月 26 日于西千佛洞

从上至下：
莫高窟第 249 窟，北壁，说法图，西魏
莫高窟第 461 窟，窟顶西披，伎乐飞天，北周
莫高窟第 305 窟，北披，飞天，隋代
莫高窟第 217 窟，北壁，彩云飞天，盛唐
莫高窟第 327 窟，窟顶南披，献花伎乐飞天，西夏

莫高飞天

始建于前秦的莫高窟，历经十六国、北朝、隋、唐、五代、西夏、元等的兴建，存留大量洞窟、壁画、泥塑、典籍等，是当之无愧的佛教艺术宝库。莫高窟的壁画内容丰富，绘制精美，蜚声遐迩。

宗白华在《美学散步》中说道："敦煌的艺境是音乐意味的，全以音乐舞蹈为基本情调。"亚里士多德曾说：灵魂在思想时总是伴随着精神形象。宗白华的"精神形象"一定有莫高窟的飞天壁画。佛经中是没有"飞天"一词的，关于飞天的起源有多种说法，如由莲花化升到飞天说、乾达婆和紧那罗说、谭树桐的"诸天说"、阎文儒的"天人说"等。飞天随佛教从印度传入中国，其表现及演变融合了中国的审美需求。

莫高窟西魏、北周、隋、唐、西夏等壁画中均有对飞天的表现。第249窟北壁西魏《说法图》，佛陀与华盖两侧均有飞天护持，佛陀两侧飞天赤裸上身，身着绿边半裙，笔法粗犷有力，具有西域特征，而华盖两侧飞天身着红色长服，清瘦飘逸，凸显中原审美；第461窟窟顶西披北周伎乐飞天，手持不同的乐器，身着中式长袍，飘带与袍摆的处理有几分气韵生动、寄情山水的意象；第305窟北披隋代飞天，用笔自由潇洒、不拘小节，注重氛围与意境的营造，引人遐思；第217窟北壁盛唐《观无量寿经变》之彩云飞天，表现豪放不羁，想象丰富，乐器在空中不弹自鸣，除了建筑，所有的物体都在空间中舞动，充满盛唐气象；第327窟窟顶南披西夏献花伎乐飞天，动态、神情上的表现具有明显的模件化倾向，箜篌、飘带、彩云的处理比较具体，少了几分灵动。随着佛教在中国的发展，飞天的表现愈来愈丰富，在西域原型基础上，融合了中原世俗文化审美。

赵声良在《敦煌艺术十讲》之《飞天艺术新探》中说道："印度所欣赏的那种带有浓重性爱特征，表现形式上又注重肉体感观之美的双飞天在中国几乎消失殆尽，而代之以中国自魏晋以来对神仙境界的追求，在形式上则追求一种流动飘逸之美。中国画的流畅舒展的线条美在飞天身上表现得淋漓尽致，这正是中国艺术所追求的美之所在。"飞天于中原而言似天外飞仙，是毫无束缚、自在飞翔的神仙，所以对飞天的表现也愈发飘逸、灵动、自由。

佛教的思想、文化、艺术伴随丝绸之路的打通进入中原，当飞天形象在中原画工的笔端表现自如时，已然开创了一种融合中原大美的独特画风，流传千古。

2019年6月29日于莫高窟

鸣沙山驼队

沙泉传说

鸣沙山连接莫高窟与睡佛山,像一条巨龙,匍匐于敦煌城南。月牙泉仿佛巨龙的心脏,在鸣沙山北麓涌动了千年。关于鸣沙山与月牙泉的神话传说是不可胜数。

从住地出发驱车前往,大概 10 分钟便到了。先前来鸣沙山,是骑骆驼进入沙山腹地的,这次选择了步行,开始的时候兴致勃勃,后来向上攀爬沙山时,一步步艰难地"爬行"。黄沙伴着干燥的热浪一股股拂过,脚步进一退半,每走一步,半只脚都会陷进沙里,高纯度的橘色鞋套鲜艳刺眼,抬头即满眼黄沙,不一会儿身体就被热浪侵透了,喉咙也有点干燥沙哑,为了赶在日落前到沙脊之上,依然继续爬行。

看着黄沙落日,脑海中浮现"醉卧沙场君莫笑,古来征战几人回"的苍茫,"一去紫台连朔漠,独留青冢向黄昏"的辽阔,"黄沙百战穿金甲,

鸣沙落日　摄影／张玉明

不破楼兰终不还"的气概。在绚烂的余晖笼罩下，一个个关于鸣沙山、月牙泉的传说涌上心头。鸣沙山本是青山，绿水潺潺，环境优美。相传，一位骁勇善战的将军，率领红、黄、绿、白、黑五色的旗甲军队在西部征战，战无不胜，青山一带的强盗听闻将军威名，不敢交锋，一直隐匿于山林。后来，将军在青山一带安营扎寨，命将士们解甲归田，在此安居。不曾想，一天强盗突袭，将军战败。强盗正准备乘胜进攻城池时，突然天昏地暗，五色的沙子像暴雨一样倾泻，将所有人埋在了青山下。自此，青山成了鸣沙山。躺在沙山之上，风声好似哀鸣，不禁战栗。相传，汉武帝时期大将军李广利出征大宛，大军行至鸣沙山时饥渴难耐，兵马不能动。将军向天祈雨，感动了观音菩萨。菩萨手一挥，净瓶中洒落几滴神水，地上涌出清泉，使将士获救。自此，形成了一洼清澈的泉水，也就是月牙泉。还有白云仙子借月亮、太上老君化太极、王母瑶池蟠桃会等传说……遥思中被远处一群年轻人拉了回来，他们合唱起《我和我的祖国》，在深邃黑夜和点点星光的映衬下，深情而坚定的歌声飘向宽广的大漠与浩瀚的星河，感慨系之。

　　离开鸣沙山的时候已夜半了，乏力不堪，迟迟吾行，从日落到星河，思绪于大漠中飘零。

2019年6月30日于鸣沙山月牙泉

万国来朝

张掖称得上华夏大地的一颗"夜明珠",珍贵、绚丽,却独显现于黑暗中。经济政治、军事人文、自然地理等无不令人称奇,张掖仿佛深埋"功与名",鲜为人称道。

张掖古称"甘州",如果说河西走廊像一个楔子深入西域腹地,张掖则是控制楔形最关键的点,骠骑将军霍去病率兵击溃匈奴,随即汉武帝设置张掖郡,"断匈奴之臂, 张中国之掖(腋)","张国臂掖,以通西域"。隋代名臣裴矩为发展张掖的经济贸易而殚精竭虑,用良好的处世之道结交各地使者,使"西域诸胡多至张掖交市",并说服多国使臣朝觐中原,为一展大隋王朝的雄威,精心准备万国博览会。张掖不仅拥有重要的军事、经济地位,而且更具人文地理魅力,无数文人墨客暂居于此,更是边塞诗人的创作宝地,王维、高适、岑参等都留下了千古名句,"大漠孤烟直,长河落日圆""边风飘飘那可度,绝域苍茫更何有""玉瓶素蚁腊酒香,金鞭白马紫游缰"等。相传,唐玄宗改编的《霓裳羽衣曲》也源自甘州音乐《婆罗门》佛曲。作为源远流长的中华文化的重要组成部分,张掖是独一无二、举足轻重的存在。

张掖最著名的自然景观要追溯至约两百万年前,经流水侵蚀与风沙剥离的红色砂砾岩造就了丹霞奇观,平缓浑圆、色彩纷呈、延绵不断的山地丘陵,让人短暂地忘却了西北的苍茫粗犷,取而代之的是自然流动的温柔与甘甜。北宋时党项首领李元昊建立西夏,在甘州建成大佛寺,寺内的释迦摩尼涅槃像是世界上最大的木胎泥塑彩绘卧佛。木

张掖丹霞地貌

上：张掖丹霞地貌
下：张掖大佛寺

制大殿的门楣两侧嵌有彩绘砖雕,一为西方圣境,一为园邸说法,精美异常。大佛寺闹中取静,仿佛在繁华嘈杂的尘世给予人心灵的慰藉与安宁。正由于张掖如此特别,一千四百年前隋炀帝才不辞万里艰辛,跨越焉支山,亲临河西重镇,在此举办万国博览会,并写下诗歌以展现一代帝王的胆识与豪迈:

> 肃肃秋风起,悠悠行万里。
>
> 万里何所行,横漠筑长城。
>
> 岂合小子智,先圣之所营。
>
> 树兹万世策,安此亿兆生。
>
> 讵敢惮焦思,高枕于上京。
>
> 北河见武节,千里卷戎旌。
>
> 山川互出没,原野穷超忽。
>
> 撞金止行阵,鸣鼓兴士卒。
>
> 千乘万旗动,饮马长城窟。
>
> 秋昏塞外云,雾暗关山月。
>
> 缘严驿马上,乘空烽火发。
>
> 借问长城侯,单于入朝谒。
>
> 浊气静天山,晨光照高阙。
>
> 释兵仍振旅,要荒事万举。
>
> 饮至告言旋,功归清庙前。

在大佛寺正殿前侧过道的石凳上,董书兵老师结合人文历史背景讲述中国传统雕塑的发展,为我们上了生动的一课。感慨千年前万国来朝的大都会至今文脉涌动。

2019年7月2日于张掖

青海湖

青海遐思

车子开了许久才到达目的地——青海湖，行程劳累加之晕车，整个人昏昏沉沉，下车的瞬间迎面灌来海湖清风，一扫旅途魔障，顿时豁然开朗。

青海湖古称"西海"，汉代有人称其为"仙海"，蒙语称"库库诺尔"（意为"蓝色的湖"），藏语为"措温布"（意为"青色的海"），北魏时更名为"青海"。特别的地理位置，地处大陆板块内部，周边是山脉与戈壁，历史上管辖此地的民族众多等因素，为青海湖平添了几分神秘色彩。

对青海湖的印象是课本上的刻板文字：中国最大的内陆湖与咸水湖。当穿过层层山峦与戈壁，一转身诺大的青海湖突然出现在眼前时，这一切都不重要了，切身的感受与体验将所有陈旧的观念与认识全部冲刷掉了，留下的只有感觉。身后是灰绿的山峦与湛蓝的天空，成片、大朵的云压得很低，像飘落在山峦上的大棉花糖，投在绵延山丘和宽广平地上的云影时隐时现。面前是一望无际的青海湖，湖水蓝得剔透空灵，天空蓝得宁静深远。"青海无波春雁下，草生碛里见牛羊。"不时有马儿"哒哒哒"地适意小跑、宽心觅食，偶尔有人对着湖心呐喊，一抒心中的压抑烦郁。灰蓝的山峦与狭长的白云隐现于海天交接处，《庄子·知北游》云"天地有大美而不言"，大抵如此。

荡在湖边的秋千上向湖心远眺，伴随层层涟漪，一汪碧蓝慢慢扩大，想象在这碧汪之上乘云归去，看苍茫碧玉，与天灵唔语。

2019年7月4日于西宁

拉卜楞寺

拉卜楞寺

夏河县城西的半圆形滩地,是拉卜楞寺的所在地。拉卜楞寺始建于清康熙四十八年（1709 年），为藏传佛教格鲁派（黄教）寺院之一。"拉不楞"是藏语"拉章"的汉语音译,意为"大活佛居住的府邸",也有"佛宫"之意。

夏河县所属地区为甘肃省甘南藏族自治州,追其历史沿革,西汉昭帝设白石县,隶金城郡；西晋置晋兴郡,又置永固县；北宋初置怀羌县,金代沿用；清初,属循化理蕃厅,其吏治归循化,军事属河州,此间,拉卜楞寺建立。一位当地的年轻藏人带我们进行参观。在经堂、佛殿等排列有序的参佛坐垫围栏外的过道穿行,巨大、狞厉的装饰壁画与雕塑散发着强烈的威慑气息。似懂非懂地听讲解,囫囵吞枣地看这些藏传佛教的壁画、雕塑、装饰、建筑,在散逸着浓烈的酥油灯香气的幽暗内殿与滚动着热浪的散发着刺眼阳光的室外间来回转换,不一会儿身体便有些乏了。当地的小孩子不知疲倦地嬉戏奔跑,丝毫不顾烈日酷暑,习惯了熙熙攘攘的游客,没有丝毫防备地在人群间穿梭,他们大都皮肤黝黑,眼睛清澈透明,给厚重、深沉、神秘的拉卜楞寺平添了几分活力、愉悦与希冀。

不知不觉间走出了寺区,伴随轻微的高原反应,艰难地爬上了寺区对面的山顶,站在山顶上俯瞰时,拉卜楞寺的规模建制和排列分布愈显清晰,经堂、佛殿、藏式楼、佛宫、经轮房、寺塔、牌坊等各种建筑排列有序。寺院与居民区紧密相连,没有明确的界限,在一片梵音下,礼佛已成为人们生活的一部分了。木心在《文学回忆录》中说："佛教吸引中国最有学问的人去研究,说明佛经的文学性、哲理性之丰富……研究佛经,是东方智者和知识分子的一个'底'。"拉卜楞寺是藏传佛教格鲁派六大寺院之一,有主修显宗、密宗、天文历算、医术及药物学、佛教法事仪式和音乐舞蹈等门类的多个学院,被誉为"世界藏学府",学者辈出。

饱经沧桑的转经筒贯穿转经走廊,神秘的经堂与虔诚的信众,在清静思辨中寂灭轮回。

2019年7月5日于夏河

炳灵寺 64 窟，一佛二胁侍菩萨二天王，唐仪凤三年（678 年）

炳灵异彩

炳灵寺石窟位于永靖县西南，始建于西秦建弘元年（420 年），开凿于黄河北岸大寺沟的峭壁之上。于山林环抱中的炳灵寺，除石窟外，积石山的自然风光同样使人流连。

行人需乘快船进入石窟寺区，不同于莫高窟、榆林窟周边的空旷苍茫，被河水围绕的炳灵寺，多了几丝灵性与禅思。浑黄的河水、细致的黄沙岩、晦明不定的天空、历经沧桑而退去华彩的塑像等，让此地自带浅黄色滤镜般融洽、自然。一道道白练在炳灵湖面上时隐时现，浪花四起，晶莹灵动；一座座山峰接连耸立，既有巍峨独特的外形，又有平滑自然的纹理；一尊尊造像历经岁月侵袭的痕迹，不失静谧永恒的微笑。

摩崖大佛高 27 米，上半身为石雕，下半身为泥塑，蔚为大观。天梯

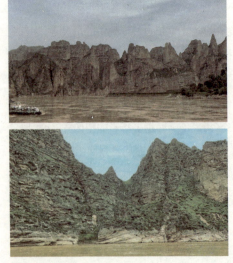

炳灵寺河岸风景

栈道像飞天的飘带盘旋于峭壁之上,由于佛龛修复工作的开展及石窟管理规定的要求,此行无缘攀至大佛顶部。众佛龛与山体融为一体,疏密有致。《付法藏因缘传》载:"常着商那衣,成就五支禅。山岩空谷间,坐禅而念定……"炳灵寺是修佛建窟的佳地。因营建水库,原十六窟卧佛涅槃像迁至石窟对面,其面部、衣褶等表现手法体现了犍陀罗的造像风格。水位上升致使观看视角改变,许多曾经位于高处、受信众们顶礼膜拜的佛龛,如今的观看角度变换成了俯视或平视。如此一来,失去了佛龛原本观察视角下的视觉效果,但同时也提供了机会,让大家看到了当时造像人对"不重要"的角度的雕琢处理。同样的造像,不同的观看视角,得到的视觉反馈是完全不同的。当时的工匠对佛陀的背面、顶面等供养人"看不到"的地方,往往会进行简单化的处理。更多方位地观察造像人的处理手法,进而揣测其心意,似乎窥见了盛大、恢弘、神秘的造像背后,饱含人类的智慧、世俗与人性。

离开炳灵寺时约午后一点,从热情的小贩那里买了淡盐水清煮的马铃薯充饥,几口便有了十足的饱腹感,这份天然、充实的味觉体验与观仰炳灵寺石窟的视觉感受如出一辙。

2019 年 7 月 6 日于临夏

兰州掠影

从敦煌向东一路走来，体验如莫高窟、大佛寺般深沉厚重的历史文化，寓目如丹霞地貌、青海湖般撼人心魄的自然环境，但似乎这条黄河以西的天然大通道热闹繁华的景象只能"遥想当年"，直到亲临兰州这颗"黄河明珠"。

作为丝绸之路经济带的重要城市、甘肃省省会，兰州吸引着五湖四海的旅客。其经济发展程度较高，人口流动数量较大，称得上西北重镇。想要快速、深刻、全面地了解一座城市的历史文化，就去它的博物馆，甘肃省博物馆成为不二选择。甘肃省博物馆极具特色，有历史悠久的甘肃古生物化石展厅，展品丰富的甘肃彩陶展厅，覆盖全面的甘肃丝绸之路文明展厅等，代表展品如漩涡纹彩陶罐、马超龙雀、绢底平绣人像等。视线被一件武威的出土汉代墨绘木马吸引，该文物以简练的手法概括了马的外形，马身、马头、四肢等被分别雕刻，然后拼接在一起，表现了战马备战状态下的趋势与精气神，昂首挺立，意气风发。透过战马，仿佛可以感受到霍去病击退匈奴、横扫大漠、封狼居胥的壮举，浮想出金戈铁马的征战岁月，气吞山河的大汉雄风。

为一睹中山桥风采，"跨越"黄河，晚饭后沿滨河路在熙熙攘攘的人群中穿行，站在桥上俯瞰，河水湍急，暗流涌动。时逢雨季，水位上涨，老码头石碑已被淹没大半，霞飞的臆想亦淹没于这喧闹的人流之中了。

2019 年 7 月 7 日于兰州

上：东汉，马超龙雀
摄影／毛禹
下：黄河河畔

羲皇故里

记录于楚帛书中的伏羲，是有记载的中国最早的创世神。陆游有诗云："无端凿破乾坤秘，祸始羲皇一画时。"郦道元《水经注》载："故渎东径成纪县，故帝太皞庖牺所生之处也。"传说，伏羲出于天水，与女娲兄妹相婚，生有四子，代表四时。天水作为我国四季最为分明的城市，与神话传说遥相呼应。相传，《古微书》记载："昔伏羲始造八卦，作三画以象二十四气。"从农耕文明演进而来的二十四节气，至今沿用，可见天水文化脉络之深远。此行至天水正值小暑，高温低湿，无常小雨，温暾舒适。

始建于北周的拉梢寺石窟，开凿于巨大的弧形崖壁上，主体为三尊浮雕壁画，主佛高约40米，两旁为胁侍菩萨，周围有众多小龛及壁塑，站在平台上逆光仰望巨大的浮雕崖面时，视觉效果极为震撼，惊叹古人超凡意志的同时感受到自身的渺小。隐藏在水帘洞寺院的道观令人眼前一亮，拾级而上，愈显幽静，"道隐无名"。繁复绚丽的木质彩绘建筑架构于峭壁耸峙的两山之间的空隙，强烈的对比显现"逝曰远，远曰反"的自然规律；规整的石板地面留出了不规则的形状，以容纳破土而出的古树根茎，大白"万物莫不尊道而贵德"的处世方法；意境悠远的山水壁画安身于鲜艳抢眼的宣传标语后，隐现"道常无为而无不为"的治世学说。在道观高处环顾，视线被远处的太极图大鼓援引，思想已飞往庄子的《逍遥游》里寻找幸福的真谛了。

从伏羲到老庄，从道观到石窟，从传统到现代，一段段久远的故

上：拉梢寺石山

下：道观太极图大鼓

事，一个个变幻的桑田，构建了脉络清晰、底蕴深厚的天水文化，世代相传，生生不息。

2019年7月8日于天水

麦积山石窟

泥塑宝藏

在麦积山山脚下的农家院办好入住已是傍晚时分了，空气中沁透着几分凉意，群山环绕、郁郁葱葱的麦积山环境秀丽，饭后散步，抬头便能看到远处壁立千仞的麦积山，满心慕之。

麦积山石窟与敦煌莫高窟、大同云冈石窟、洛阳龙门石窟齐名为我国四大石窟。麦积山敦煌艺术研究所的段一鸣老师为我们做了题为《麦积山石窟泥塑造像源流——从犍陀罗谈起》的讲座，受益匪浅。佛教起源于古印度，早期佛教没有偶像崇拜，因此菩提树、法轮、足迹等诸多佛陀"周边"代表着其存在。佛教东传带来了佛造像的流传，受古希腊影响的犍陀罗艺术，开始出现佛陀塑像，几经周转，影响了中国的佛造像艺术。麦积山石窟保留了自后秦至明清各朝各代的泥塑像，系统地展示了我国千百年来佛教造像的特点与流变，被誉为"东方雕塑馆"。

于麦积山石窟两天的考察中，系统巡看、感受和总结了各个朝代泥塑造像的特点及风格转变，从第78窟北魏佛像的清逸神韵，到第23窟西魏童男童女的宽厚纯洁，再到第12窟北周佛与菩萨的繁缛浑圆，尽显北朝造像之神性光芒。从第5窟唐代供养人壁画的人间畅想，到第43窟宋代力士与现实生活的对接，体现着佛教艺术东传过程中的世俗化演变。速写临摹聚焦在泥塑造像大体形态归纳和对局部处理的拿捏上，对第4窟北周薄肉塑伎乐天及第44窟的西魏主佛等都留下了深刻的印象。汉唐研究院为我们提供了良好的泥塑临摹机会，时间一

汉唐研究院临摹

晃而过，匆匆临摹了一尊北魏时期的弟子迦叶塑像，该像长眉盖眼，深目尖鼻，高颧瘦颊，张唇露齿，突喉深锁，双目下视，造型简练，轮廓清晰，表现了迦叶苦修佛法、睿智卓识的高僧形象。

于麦积山石窟及汉唐研究院的临摹学习机会难得，受益良多。中国传统雕塑艺术的探究与发展、传承与转换，任重而道远。

2019年7月11日于麦积山

天下一统

从天水乘高铁至西安,出站径直去了秦始皇陵,初来乍到直通"事死如事生"的始皇帝陵墓,带点时空穿越的节奏。

秦始皇嬴政,建立了中国历史上第一个统一的中央集权的封建国家,是谓"千古一帝"。秦始皇陵从嬴政即位开始修建,《史记·秦始皇本纪》记载:"九月,葬始皇骊山。始皇初即位,穿治骊山,及并天下,天下徒送诣七十余万人,穿三泉,下铜而致椁,宫观百官奇器珍怪,徙藏满之。令匠作机弩矢,有所穿近者辄射之。以水银为百川江河大海,机相灌输,上具天文,下具地理。以人鱼膏为烛,度不灭者久之。"摩肩接踵的参观者一波接一波地涌入门道,耐心等待才能跻身视角好些的高处,透过从葬坑修复的兵马俑像,窥视秦始皇一统天下的豪迈与威严。享有"青铜之冠"美誉的铜车马平和、冷静地矗立在被透明玻璃围合的展柜中,与外界的浮躁、喧闹形成强烈的对比,玻璃上留有密密匝匝的指纹和汗渍的痕迹,空间上的一层之隔却相距千年之久。

穿过大雁塔脚下的大唐不夜城,主题性广场雕塑与建筑,异域特产美食与文化,璀璨的霓虹灯光与牌匾,喧腾的街边歌手与游众,"争先恐后"地诉说着西安悠远厚重的历史文化和开放包容的古韵遗风,表露出与时俱进的"接地气"。行至灯火阑珊,几位青年迎了上来,让我们帮忙填写垃圾分类的调查问卷,古城西安也充满年轻的活力。

秦始皇陵兵马俑

大唐不夜城步行街

　　古都遗址、帝王陵寝、雁塔鼓楼、繁华夜市,西安的万般无不彰显了文明之炬的亘古永存,亦隐喻了未来。中国自古深谙和平、统一、稳定、发展之道,完成悉力"打造互利共赢的命运共同体"的目标,西安当仁不让。

2019 年 7 月 12 日于秦始皇陵

永恒归宿

陵墓文化从战国时代起始，延续至今，从帝王到庶民，从统治需要到民间习俗，包含的内容多样，涉及的领域广泛，其永恒性的追求旨在使帝王的统治长盛不衰。陵墓建筑及雕塑、壁画等，为我们展现了数千年岁月的生活片段，成为考古、艺术等研究的重要史料。

茂陵是汉武帝刘彻的陵寝，陪葬墓有李夫人墓、卫青墓、霍去病墓、金日磾墓等。霍去病墓以陵山为主体，整体轮廓似祁连山，山间落有大型石刻，这些石刻作品摆放的意义在陵墓雕塑中是比较特殊的，它并不依照逝者的身份等级而建，而是为了纪念霍去病的卓越功绩，具有很强的纪念性。现石刻作品分列茂陵东、西石刻长廊，流传至今。

乾陵是唐高宗与武则天的合葬墓，作为唐十八陵中唯一没有被盗的陵墓，有很强的神秘色彩。以神道贯穿全局的乾陵，整体布局气势宏伟，巨大的神兽石刻起到了震慑作用。乾陵确定了帝王陵墓前列有石刻群的规制，"自从陵墓前出现了石刻群，整个陵园的布局更像当时的都城，陵寝建筑也都对称布置，形成了明显的纵向、横向、竖向的轴线，使得陵寝更能显示出庄严、肃穆及皇权的至高无上，也更能体现出事死如事生的礼制，俨然是皇帝死后的另一座皇宫。"（新穗《人界与灵界：中国陵墓文化》）陵墓成为帝王的永恒归宿。

于陵区信步慢行，当前场景愈发熟悉，笔直的甬道、神兽石雕、古木松柏等，恍然想到清西陵。清西陵是清朝自雍正起四位皇帝的陵墓，其规模建制深受茂陵、乾陵的影响。我出生于河北易县，在永宁山

上：茂陵一角
下：乾陵神道

下的清西陵成长，为满族，柴氏守陵人的后人，来此地竟备感"亲切"，瞬间忆起儿时在清西陵"摸爬滚打"的日子。我打趣地说："来到陵墓，感觉自己回'家'了。"或许不会再像小时候那样于陵墓的甬道上天真地唱歌跳舞了，但彼时的情景已深深烙印在脑海中，或许这也是一种永恒吧！

　　帝王陵墓幽僻、空阔的环境氛围，容易把观者的思想徐徐引入对生命本质的玄思中。虽然我们不再像古人那样用生的意义规范死亡，也不会用死亡的结果简单归纳生的旨趣，但对生死永恒归宿寻觅的脚步从未停止。

2019 年 7 月 13 日于茂陵、乾陵

万古流芳

两千年前的张骞，为一个延续至今的千年故事拉开了帷幕。无数帝王将相，征战沙场，铁马金戈；无数高僧大儒，穿越动荡年代，坚守文化净土；无数文人墨客，感怀日月星河，抒写大爱无疆。文化艺术创作此起彼伏，顺遂千古，延续至今。

碑林博物馆是石刻与书法艺术的天堂。石刻艺术馆以时间线展开，陈列自北魏至宋代的佛教石刻造像，为我们提供了一次重新梳理中国传统佛教造像风格的机会。不同于麦积山石窟的浑然天成，碑林博物馆的石刻陈列更加明晰，体系化很强。蒋勋在《美的沉思》中论述："'文化符号'的意义，更强调的是文化漫长的积累，许多复杂的部族（或民族）共同的经验，逐步凝聚在一些非常简单的形式符号上，这些形式符号不但不神秘，相反地，如果我们追溯源头，可以一步一步找回它形成的历史足迹。"在中国的历史长河中，书法称得上具有代表性的"文化符号"了。碑林陈列室书法碑刻宝藏云集，如《周易》《诗经》《礼记》等石刻经典；唐代欧阳询、柳公权、颜真卿等大家的书法名碑；隶书、行书、草书等字体名碑；苏轼、黄庭坚、米芾、赵孟頫等书法家的诗文书迹等，都在帮助我们去追寻、承继古老的文化记忆。文化创意产业是时下继承、发展传统文化喜闻乐见的方式之一。近年来，从传统博物馆到当代美术馆，从艺术类院校到文化商业机构，文创产业发展生机勃勃。好的文创产品不仅要继承传统，更需要创新，依托碑林厚重的文化历史，碑林博物馆的文创产品迸发着年轻的活力，既饱含深

上：碑林石刻艺术馆

下：碑林博物馆文创

厚的文化渊源与传统艺术要素，又紧随时代需求，因而深受大众喜爱。

时光一去不返，看着这些千年古迹，心生感慨，比石碑上的文字更深刻的是人的思想，比流传的诗词更悠远的是文化的脉搏。

2019年7月15日于碑林博物馆

丝路星河　摄影 / 付天豪

历尽石窟寺院、大漠黄沙、长河落日、七彩丹霞、碧玉清波、奇峰峻岭、热闹繁华之种种，行至古丝绸之路的起点长安，行程即临近结束，遥望敦煌，思绪茫茫。

2019 年 8 月修订于清华园

契合的风景

夏天的事,写在入秋前,生活好像就是这样,日复一日,过得悠长又急促。今年的暑假太幸福,幸福得反射弧有点长,一场秋雨来了,才渐回过味儿来。夏天发生了这么多故事,我有幸参与到一个由中韩学生组成的以领导力的培养为主题的交流项目中。从考察到研讨,从讲座到汇报,从烤鸭到烧酒,二十天的行程,贯穿了整个假期。

再识燕京

北京是起点。北京对我来说,再熟悉不过了,从不记事的幼儿时就每年寒暑假都会进京,后学画画,上大学,少说也有二十几个年头的记忆了。在熟悉之地,与陌生人相遇,发生未曾经历的事,仿佛城市也变陌生了,又或者,自以为熟悉之地,其实了解甚微。

每次经过二校门,都有很多人拍照。按下快门的那一刻,自己也成了游客

傍晚的后海

同学们被分成十个小组,每组七人,抽签决定。我们七个手中拿着"Group 1"的同学,自然聚在了一起,打招呼,自我介绍,三名中国同学,四名韩国同学,分别来自工商管理、国际事务、政治学与国际关系、哲学、社会工作等专业,还有我,来自雕塑专业。以前接触的多是本系老师和同学,再不然,也都囊括在美院大范畴下,总之大家都"搞艺术"。久而久之,思维逻辑、观察方法自然而然养成,习惯周围人亦如此。由于教育背景、成长经历、主修专业不同,在项目中与很多小伙伴交流与碰撞,自然、新鲜、有趣。至然同学是一个韩国舍友,在中国生活八年有余,对中文语境完全了解,所以虽属异国,却有一种天然的亲切感。如此,陌生又熟悉的矛盾心理,一直在北京的行程中持续着。

此前,无论出行还是吃喝,习惯随行,这次作为组里的清华学生,大家去哪里,吃什么,看什么,玩什么,都向我询问建议,突然要"掌舵"了,有些局促与慌张,感觉瞬间不认识北京了。走过老胡同,可胡同文化岂是走走就能感受得了,感受得全呢?怎么也得和北京大爷聊个十天半月,遛遛鸟,下个棋,才有可能体会其一二。去了圆明园和故宫,那些有关皇室的正史野史,深深的宫墙,悠悠的历史,在拥挤的人群中,定感受不到其厚重。后海,只有湖水中被吃进阴影里去的涟漪还一如既往,荡漾在湖面上,浸润在微风里。吃了全聚德,去了三里屯,猛然生出陌生感,跟大家一起,自己也成了游客,在北京走了个过场,游荡在城市表面,"没带走一片云彩"……

　　北京,多的是我不知道的人和事,多的是我不了解的文化和历史,时有发生我意想不到的事情的可能性,还有更多值得探寻。

上：清名桥上的风景

下：清名桥历史街区牌子

无锡一瞥

到无锡前，心向往之京杭大运河，开掘于春秋，修通于隋，繁荣于唐宋，疏通于元明清。大运河常被构陷亡了隋炀帝，亡了隋，"尽道隋亡为此河，至今千里赖通波。"然"若无水殿龙舟事，共禹论功不较多"！大运河沟通五大水系，连接南北交通，贯穿更迭的朝代，运送轮回的人事，故对大运河，心向往之。

因着"江南水弄堂，运河绝版地"的心思来到南长街，被夜幕中悠扬的民谣、青灰的石板路、粼粼的波光深深吸引，南长街沿古运河岸线上的老宅铺开来，有三条平行街道，两条沿着河岸，满满的店铺、酒吧、霓虹灯、人潮，好不热闹；另有一条，两边都是老宅，只在房檐处挂有一串串红灯笼，微弱柔和的光罩着青灰瓦和白墙，偶有亮光和一些茶余饭后遛狗的人，在青灰有些剥落、腐旧的木制门窗墙围上挂着"清名桥历史街区"的牌子，显得安静，惬意。

走着，进了一家干净、别致的小店，小店设计精心，物品摆放特别，一件件小陶瓷茶具，手工感极强的木质托盘，都让我欣赏，熟悉。同行人说，很像美院同学的设计风格。店主是一个年轻人，听到我们的对话，说："确实是美院的，我毕业于鲁美。"遇见"同行"，"好巧，我是清美的……"随后聊了很多，具体内容记不清了，大概就是"得不到快乐，很快乐；得不到艺术，很艺术"吧。他乡遇知音的感触，想起了20世纪80年代日本歌手尾形大作的一曲《无锡旅情》，词曲讲在他乡旅程中，如画的无锡增添了少年思念恋人的惆怅，为没有与女友同行同赏无锡美景而悔恨、流泪,发誓"这一回啊,再不离不开你",饱含词作人对无锡山水的深情。《无锡旅情》和清名桥使无锡声名大振,今此情境,了然于心。看着聚光灯投在影墙上拟真的月亮,在清名桥上,久久驻足。

潮湿小巷深处,起砂的水泥砂浆裂缝里长出了青苔,夏夜繁星,波光湛影。屋檐上,石阶旁,远望遥想,怅然神往,又起和风。

> 秋满梁溪伯渎川,尽人游处独悠然。
> 子墟镜里寻吴事,梅里河边载酒歌。
> 桥畔柳摇灯影乱,河心波漾月光悬。
> 晓来莫遣催归棹,爱听渔歌处处传。

清名桥上投射着元代
赵孟頫的诗《夜泊伯渎》

二下"魔都"

无锡的愁绪一路萦绕,到了上海,一下子被繁华的"十里洋场"冲散了。在外滩穿越拥挤的人群,在 M50 创意园看展玩涂鸦;在金茂大厦俯瞰东方明珠,在游船上观赏黄浦江夜景;在复旦大学听讲座,在大韩民国临时政府旧址参观,在中共一大会址瞻仰。满满的行程,开放的上海,一股脑儿冲入眼帘,纷繁复杂,也别有生趣:对外滩有太多期待,不逢时的参观却让我们在拥挤的人潮中走散,失望而归;M50 创意园,是新兴的创意园区,类似北京 798 艺术园区,相较更为纯粹,画廊高质量的展览,街头有趣的涂鸦,让我们于舒适中收获意外的惊喜;在金茂大厦顶层俯瞰,在黄浦江游船上仰望,同一时空,视角不同,感受不尽相同,看更宽广的世界,可往远处走,亦可往高处走;先后参观了大韩民国临时政府旧址和中共一大会址,由于中韩同学对历史的熟悉度不同,于交错中变换着角色。我感受到一个既当代又传统,既开放又包容,变幻莫测,五颜六色的"魔都"。

上海的文化被称为"海派文化"。在吴越文化的基础上,融合源于欧美的近现代工业文明而逐步形成的上海特有的文化现象,既有江南文化的古典与雅致,又有国际大都市的现代、时尚与开放,自成一体。几年前来过,居住生活一月有余,没去几个地方,基本上在工作室画画,对上海的印象是偏安一隅的舒适,对"魔都"的海纳百川并无概念。此次重回故地,有了新的感触与发现。想到与柴鑫林讨论《艺术的故事》一书的对话,我说:"有人认为此书写得浅,有人持相反意见。"

上：在金茂大厦俯瞰外滩夜景

下：在复旦大学某报告厅，大倩为同学们介绍复旦大学和上海

他说:"你的水平如何,书就如何;你对艺术了解得多,这本书给得就多;你了解得少,它给得也少。"一个城市好似一本书,有时候我们对某个人、某个城市、某种文化的印象和认识,往往取决于自身的理解与认知。

在上海的最后一天,恰逢在渊(一位韩国同学)的生日。我想,"魔都"真包容。在大大的上海,最热的七月,陷进了灌汤包里的小幸福。

釜山行

　　釜山是行至韩国的第一站,啤酒和美术馆是回忆时最常想起的了。在海滩,弹钢琴唱歌的青年,变喷火魔术的大叔,送我们烟花棒的萍水相逢的俄罗斯小少年,在酒精的熏染下,都让我沉迷。思绪飘浮,望着黑漆漆的海岸,经过弹吉他的少年,赤脚奔跑,想到"我只愿面朝大海,春暖花开",想到"黑夜一无所有,为何给我安慰",想到"远方除了遥远一无所有",想到"没有任何夜晚能使我沉睡……"

　　釜山市立美术馆是行程中参观的唯一的美术馆,它是釜山最具代表性的文化空间之一,馆内简洁明亮,视觉空间很大,我像找到了乐园,兴致勃勃地沉醉其中。以前,是觉得:"艺术是普遍的、大众的,是生活必需品"的观点是毋庸置疑的,和同学们的相处,却使我对此产生了质疑——艺术好像不全然如此。面对作品,有人问其含义,问问而已;也有人,情态中带一丝不屑:艺术? 算了。吴冠中曾说:今天中国的文盲不多了,但是美盲却很多。如今的许多成功人士,包括企业家、媒体人、白领等,他们在各自的领域想必都很出色,然而,遗憾的是很少有人懂得艺术和鉴赏。

　　再思考,"艺术是什么?"这个问题,很多书上都有说,很多人在讲,他们说,艺术即模仿,艺术即认识,艺术即理想,艺术即救赎,艺术即真理,艺术即自由,艺术即可传递的快感,艺术即有意味的形式……艺术即这即那。如果"这"和"那"是艺术,"不这""不那"就不是艺术了吗?事实上,"不这""不那"有时也是艺术,不断地做解释,反问,否定。干脆,

上：釜山海云台的雕塑装置

下：釜山市立美术馆

便利店巨大的冰柜里装满了水,一罐罐啤酒浮在表面,随意挑选

想不通艺术是什么,就想一下艺术不是什么吧！艺术不是什么？一时半会儿得不到答案。

用听得懂的话,说听不懂的事,艺术能被我们了解吗？艺术从未被我们了解。釜山啊,来罐啤酒,消遣吧！

穿越庆州

庆州曾是新罗王朝首都,新罗在唐朝的助力下,统一了百济和高句丽,称金城。这里多山地、溪谷,建有王陵、石塔、佛像、寺庙,古建保存良好,与现代建筑没有明确界限,风格上趋近,建筑低矮,视野开阔,庆州注重文化遗产保护,没有很明显的商业化,在这"无围墙的博物馆",不经意间,穿越了千年。

分散于古坟群中的大陵苑,被改造成公园。在园中走着,想起了清西陵,清西陵在河北易县,是清朝皇帝的陵园。同是古代皇帝陵园,有很大不同,清西陵建有一座座宫殿,长长的甬道、宫墙,一层层包裹,戒备森严;大陵苑由一座座坟墓组成,除散落分布的一些树木外,无过多建筑。清西陵给人感受更多的是对皇室威严的敬重感,而大陵苑,若不是天马冢墓葬内部发掘出诸多精美的陪葬品,让人差点忘了这是一座王室陵园。极目远眺,最引人注目的,是高耸的巨大古坟,风拂过,鸟飞过,我们也从中穿过,所谓的"王室威严"淡化了,留下的是平静时光的苍茫。园中有一片竹林,呈墨绿色,比一般竹子颜色重很多,故意折转穿过,林中颇有《卧虎藏龙》中武打场景的气势,有种荡气回肠的侠气涌动,后听朋友说,竹林确为作战所用。

穿过一片花海,到了瞻星台。瞻星台是庆州古老文化的象征,建于公元七世纪初善德女王时代,由三百六十五块花岗岩堆砌而成,象征一年三百六十五天,当时被用来观测日蚀及星辰移动等天象,占卜吉凶,决定国事与稼穑。由此联想,在我国夏商时期,统治者利用人们

上：大陵苑入口
中：大陵苑内的古坟群
下：瞻星台

对自然现象的畏惧、崇拜心理,在国家大事的决策上都要经过占卜的仪式,以神化王权、巩固统治。似乎文化与习俗,随着地球转动,随着河流,随着风,就可以互相传播、影响和交融。

初到大陵苑时,韩国同学带我们去了一家传统的糕点店,瞥见店家托盘上的图案,虽已泛黄模糊,尚分辨出是我国素有"西湖第一胜境"之称的三潭印月……

窗外即是暴雨中的汉江,恰读到木心这段话。文中所述与当时心境非常契合:"每种景象,都使我支付一脉心情去与之适应,即是在外购物的短短途中,因此也时而欢悦时而哀愁,其实都不是自己的欢悦哀愁,我单个人哪会有这许多欢悦哀愁呢。"

上:明洞街边的小吃店
下:位于首尔的中华人民共和国大使馆

雨夜首尔

首尔是最后一站，赶上雨季，透过酒店大大的落地窗，望着清晨暴雨中的汉江，灰蒙蒙一片，某种复杂、多面、持续处于灰色地带的心情氤氲开来。

相较北京的"四平八稳，平铺直叙"，首尔"想入非非，生花妙笔"。北京有故宫，首尔有景福宫，夜幕下的景福宫色彩鲜明，沉静低调，穿韩服免票"入宫"，很多穿韩服拍照的游客，成古宫一景；北京有王府井，首尔有明洞，于明洞交错的几条主购物街上，是地道的小吃，三两步一家化妆品店，很多店员讲中文。在清溪川里捞起人们投掷到河里的钱币的环卫工人，在抵抗日本入侵时立下汗马功劳的李舜臣将军的雕像前嬉戏玩水的小孩，无不透露出城市温度。广场上矗立的奥登博格的作品"春之塔"，川流不息的车辆与人流上巨大显示屏中的公共艺术影像，交相辉映。

白天整理汇报笔记，晚上享受炸鸡啤酒，几天下来，行程在不知不觉中已近尾声。大倩（同行中国同学）问我："你觉得首尔如何？印象最深的是什么？"我道："是至然、在渊、普敬、在亨，是韩国的小伙伴们。"一起听讲座，一起讨论，一起调研，一起探索城市，一起吃炸鸡，一起喝酒，一起大声唱歌，一起开怀大笑，一起走过很多的地方，一起分享很多的故事。至然给我太多帮助和鼓励，在渊生日那天在沙滩上醉得不省人事，普敬叫我鑫萌欧尼，在亨写信感谢我介绍他认识"artist friend"，每一个都很善良、友好。我对韩国有了更多了解，改变了对其的刻板印象,这是一次切身的和合之道行,体会了"和合之道"的因缘。

　　行程结束的最后一晚,在渊同至然说韩语,至然翻译:"在渊说我们的行程太幸福了,结束后会有后遗症的,幸福的后遗症。"

釜山记忆,柴鑫萌,布面油画, 20cmX50cm, 2017,私人收藏

上：在亨和普敬做小组答辩展示
中：途中速写

下：在首尔听讲座和做报告的 SK 某个报告厅，Group 1 所有成员
从左至右：王云，在渊，至然，萌萌，普敬，大倩，在亨

几乎是行程结束时便立即进入忙碌的工作、学习中,回归了往日的节奏,像刚结束了一场梦。翻相册,看到走过的风景与曾经朝夕相处的小伙伴,甚是挂念,不敢相信一切刚刚结束,可夏天终是过去了。每一个瞬间,都化作了记忆碎片,像一束束光掠过,印在了心上。

生活,一半是记忆,一半是继续。

秋雨过后,带着回忆,在"和合之道"上,慢慢走,继续走。

丁酉大暑完稿于清华园

山水田园与音画律动

《高山流水》之音随意转，《渔樵问答》之怡然自得；《平沙落雁》之悠远静美，《汉宫秋月》之寂寥冷清；《梅花三弄》之舒缓宽广，《阳春白雪》之典雅高深；《十面埋伏》之力拔山兮，《夕阳箫鼓》之意象空明。放情山水之旷达，田园自适之疏淡，音是流动的画，画是凝固的音，听一段旋律，看到画面，赏一幅画作，听到声音，所谓山水田园，音画律动。

渔舟唱晚秋江水，窠石平远姊弟归

《渔舟唱晚》，北派筝曲，古筝独奏。《窠石平远图》，宋代元丰戊午年（1078）郭熙画，山水造诣高深。

优美的曲调与舒缓的节奏缓起，清浅溪水与裸露岩石亦慢慢浮现。《渔舟唱晚》的慢板与《窠石平远图》的近景契合，极赋旋律的慢拍，配之淡墨渲染的落叶，当旋律回旋下落辗转变化时，莽莽荒原与层层群山渐次铺展。《渔舟唱晚》的中段与《窠石平远图》的中景相得益彰，音律起承转合的乘风破浪，画面皴法娴熟的群峦叠嶂；当耐人寻味的宫音止时，仿佛看到了缱绻的残云、浩茫的苍穹。《渔舟唱晚》的余音与《窠石平远图》的远景一齐回旋渐远，有娓娓道来的空谷回响，有用笔俊秀的深秋苍穹。

《窠石平远图》，郭熙，北宋，绢本，纵120.8cm，横167.7cm，北京故宫博物院藏

《渔舟唱晚》没有《十面埋伏》的威严雄壮、剑拔弩张,亦没有《春江花月夜》的缠绵悱恻、潇湘寻路,但它独具韵味,放情山水;《窠石平远图》没有《溪山行旅图》(范宽)的粗犷大气,没有《晴峦萧寺图》(李成)的气象萧疏,但它平远开旷,意境悠长。郭熙文:"今得妙手郁然出之,不下堂筵,坐穷泉壑,猿声鸟啼依约在耳,山光水色晃漾夺目,此岂不快人意,实获我心哉,此世之所以贵夫画夫山水之本意也。"山水之意,了然于心。

它们共有一份旷达,一份放情山水的音画律动。

平沙落雁鸿鹄志,秋山问道路者痴

《平沙落雁》,"借鸿鹄之远志,写逸士之心胸也"。《秋山问道图》,"如文人才士,就题赋咏,词源衮衮出于毫端"。

随着《平沙落雁》悠扬流畅的曲调,再次被拉进如梦如画的诗境中,伴着旋律起伏,绵延不断,仿佛进入《秋山问道图》中巨然笔下那圆润起伏的山峦间,曲折隐现的小路,水边的蒲草随风轻轻摆动。静美的基调中却也是静中有动,就像不加皴笔,只用水墨烘染、以破笔焦磨的点苔,在空灵远山中的丛树杂草,亦随风而动,生机流荡。在委婉流畅、隽永清新的曲调中,体会到"初弹似鸿雁来宾,极云霄之缥缈,序雁行以和鸣,倏隐倏显,若往若来"之境。秋已至,天渐凉,雁南徙,大雁们列队飞翔,在诗画的天空中,不舍前行。当琴声渐缓,余音娓娓时,每个音都已成为《秋山问道图》中的一株草、一棵树、一座山、一抹云。

《秋山问道图》,
巨然,
五代宋初,
绢本,
纵 165.2cm，横 77.2cm，
台北故宫博物院藏

《平沙落雁》没有《汉宫秋月》的哀怨忧愁、寂寥冷清，也没有《广陵散》的愤慨不屈、浩然正气，但它疏淡流畅、田园自适；《秋山问道图》没有《关山行旅图》（关仝）"如在灞桥风雪中，三峡闻猿时"的雄奇荒寒，也没有《江行初雪图》"穷江行之思，观者如涉，使人如置身江上"的浩渺之意，但它"平淡奇绝"，更具田园风致与诗意。巨然晚年逐渐趋于淡泊，追慕自然，正所谓"于峰峦岭窦之外，下至林麓之间，犹作卵石、松柏、疏筠、蔓草之类，相与映发，而幽溪细路，屈曲萦带，竹篱茅舍，断桥危栈，真若山间景趣也"。这与《平沙落雁》的田园式秋思有异曲同工之妙。

它们共有一份疏淡，一种田园自适的音画律动。

山水田园，音画律动

中国传统音乐中的山水田园之旷达疏淡与传统山水画所带给我们的意境与想象彼此契合，《渔舟唱晚》与《平沙落雁》两首古曲中的表情达意，《窠石平远图》与《秋山问道图》的画中意境，带给人音画相通的心灵慰藉。

曲中音，画中境，都是对田园生活的回归，对自然物像的描摹，对生命意义的表达。旷达的放情山水，疏淡的田园自适，中国传统音乐的魅力恰在于此，山水田园，音画律动。

癸巳戊午于清华园

上：河北，2016 年冬
下：广东，2108 年冬

千秋雪与万里船

远与近

时无重至，去时光景渐远，新春节奏临近。年前同家人一道飞往珠海，在南方过了个暖冬年。

大年三十，看"春晚"，阿姨说："鑫萌，这是"春晚"的珠海分会场，后天我们就去这个地方玩！"初二晚的长隆，再现了"春晚"烟花，看着眼前的花火，脑海中映现出"春晚"上的解说词。现场与直播，南方与北方，兴奋与慨叹，视听与感受，一时间心潮起伏，感慨万端。

过年意味着回家，来到距家两千余公里外的海岸，空间上的"纵横捭阖"，时间上的远源近脉，地域差异的意外审美，不仅没有使我产生陌生感、距离感，反倒由心生出"忘路之远近，忽逢桃花林"的感触。拨云见日，探其幽深，离家乡远了，家人之间的心却近了。在北京，河北是家；在南方，北方是家；在国外，国内是家。于广袤的宇宙中，地球是我们的家。家很远，可以穿越无穷时空与边境；家很近，只容于我们小小的心房。

心随境迁，境随心转，对家的感触，大致如此：无有远近幽深，遂知来物。

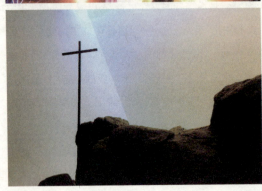

上：珠海长隆烟花
下：澳门天主教博物馆

闹与静

年,想来是热闹的。闲暇之余,正读高中二年级的天娇妹妹翻看着《文化苦旅》,突然问我:"姐姐,你看过《文化苦旅》吗?"我微微一怔,余秋雨在喧嚣动乱中,寻得僻静的藏书阁,苦心孤诣,著出此书。世界越喧闹,内心越安静,摒弃周边浮华喧扰,寻得心中一片净土,才可有所作为。如梅贻琦所说:"人生不能离群,而自修不能无独。"

珠海,自战国始便属百越之地,毗邻港澳,一片蕃昌。在繁华中,闹中取静的香洲埠和古元美术馆自带"大隐隐于市"的清幽。王羲之有言:"虽趣舍万殊,静躁不同,当其欣于所遇,暂得于己,快然自足。"生于斯,长于斯。于市朝的"隐",才能达到真正的物我两忘。香洲埠"移步异景,一院一故事",位于珠海横琴岛核心,是隐匿于市井的世外桃源;徐悲鸿称古元为"中国艺术界中一位卓绝之天才",一幅幅水彩、版画作品中浓郁的生活气息,宣传画里平和的面容、清新的风景,隐露古元先生的安之若素、大智若愚。

儒家讲:格物,致知,诚意,正心,修身,齐家,治国,平天下。伏羲静坐,观照万物而制八卦。拿捏闹与静的分寸,静其心,动其身,"心远地自偏"。

上：珠海海岸

下：澳门街角

疏与密

步行经过拱北口岸,便从珠海到了澳门,一岸之隔,体会了疏密之别,一为空间,一为情感。

以前讲疏密,大都在绘画、书法中提及,"疏密有致"抑或"疏密构成"说的都是空间关系。相对珠海的通达,澳门的建筑鳞次栉比,街道窄小,店铺林立,加之春节期间游客较多,有一种从"疏可跑马"穿越至"密不透风"之地的错觉。珠海稀疏,澳门繁密。

疏密的另一层释义,即疏离与亲密。一般来说,稠密产生亲近之感,稀疏产生距离。澳门像雨热不同期的地中海气候一样,稠密且疏离,这种疏离感是多方面形成的,一言难以蔽之。1999 年国家恢复对澳门行使主权,我随姥爷一起看了交接仪式的直播,当时懵懂,不能体会其历史意义,只记得窗外刚好下了一场大雪,我跑到院子里,在平整的雪地上照着印象中的澳门区旗的样子,画了一朵朵大大的莲花,开心得不得了。忆起往事,早在幼年就感知了一把大地艺术,快哉,也削弱了内心的疏离之感。

珠海稀疏亲密,澳门稠密疏离,张弛有度,疏密有致,方无差忒。

上：香港朱铭雕塑
下：珠海大剧院

开与合

在各种阴阳关系中，如上下、左右、前后、起落、往来、刚柔、蓄发、虚实，无一不含开合，乘船去往香港，望着开合解会，瀼瀼湿湿的海面，体会收放自如的开与合。太极中有一个动作，叫"如封似闭"，即两掌前推，两臂内旋桡侧含合力，尺侧含张力。在香港街头偶遇了朱铭的《太极》系列雕塑，在高耸的楼宇与穿插的街道中兀立，合中有开。

爱与美的女神维纳斯从贝壳里诞生，珠海大剧院的"日月贝"取意于此。一大一小的贝壳均呈开合之势，对仗、集合的形体，表现着一种美的姿态、一种活的神气，用深厚的文化积淀拥抱海洋文明，因而也有了"珠海的历史和未来将在这里结合"的蓝景，开中有合。

移风易俗，人情事理，先开达，遂和合。

上：去时校园晚霞
下：回时云上晴空

来与回

在返京航班起飞前，恰时读到导师许正龙先生的新文《秋声三则》，开篇即有小诗《云上》："再浓的雾，再密的雨，飞越云层，眼前仍是晴空。"看着云上的"晴空"，感受着与此诗如此契合的心境。

沈从文在《我所生长的地方》中写道："落日黄昏时节，站到那个巍然独在万山环绕的孤城高处，眺望那些远近残毁碉堡，还可依稀想见当时角鼓火炬传警告急的光景。"回溯，前提是推进；向前，才有空间回旋。

重返校园，听着熟悉的歌曲，看着半空中盘旋的乌鸦，落日余晖和璀灿晚霞，脑海里映现着"千秋雪"与"万里船"的变幻景象。举凡远近、闹静、疏密、开合、来回，极赋情感因素，向前之路上，有逆向与迂回，来去来回中，思绪萦绕，情愫蔓延。

戊戌立春于清华园

自由的眼光

由阿尔伯特·爱因斯坦(后简称爱因斯坦)著述、方在庆编译的《我的世界观》一书,包含了爱因斯坦晚年在柏林郊外总结自己的《我的世界观》在内的诸多论述、致辞、答复、回信等,每一篇都从不同的侧面表述了自己的观点、阐释和建议。本文仅从爱因斯坦看待"艺术与科学"的问题上生发几点感触。更多信息还需深入、持续的挖掘,正像爱因斯坦在书中所说:"照亮我的道路,并且不断地给我新的勇气去愉快地正视生活的理想,是善、美和真。要是没有志同道合者之间的亲切感情,要不是全神贯注于客观世界——那个在艺术和科学工作领域里永远达不到的对象,那么在我看来,生活就会是空虚的。"

在赴德国、波兰考察的途中,我阅读了爱因斯坦的《我的世界观》一书,加之参观了多个与艺术、科学相关的博物馆,如种类繁多、包罗万象的柏林博物馆岛,世界上最大的科技博物馆——德意志博物馆等,遂感触良多。

爱因斯坦在书中写道:"我们所能有的最美好的经验是神秘的经验。它是坚守在真正艺术和真正科学发源地上的基本感情。"艺术与科学皆于实践中获得思考,具有独立精神,正所谓艺术求美、科学求真,艺术用感性的视听经验启示而追寻大美,科学用理性的逻辑思维指导而寻求真知。艺术与科学有着怎样的关系呢?二者是否有较为明确的界限呢?人类于艺术的追求大多源于天性,如喜欢赏析古典优美的绘

上：爱因斯坦出生
的乌尔姆小镇
中：柏林老博物馆
内参观学习的青年
学子
下：德意志博物馆
内观察细胞结构的
小朋友

画、聆听婉转悠扬的歌声、诵读朗朗上口的诗词等,皆出于感性喜好,种种艺术形式带给我们不同的感官体验,得到精神上的满足。科学实践需要全备的认知体系作为基础,通过一定的逻辑推理与严密的实验操作得出正确的结论,最终用于物质的丰实。艺术藉以一定媒介塑形传神,表达情感认知与观念,科学作为认识宇宙的实践方法,追求客观存在与真理。从定义上解析,艺术与科学关联不大,若从艺术与科学本身对比,却能发现两者间的联系。

理性的对称美如一个方程式的简约,一个规则图形的稳定;优雅的形态美如分子原子结构的组合,DNA 双螺旋的神秘;自然的色彩美如碧蓝的海天一色,绚烂的五彩霞光;生机的律动美如有序跳动的脉搏,层层出新的科技产物。科学家致力于追寻自然万物的普遍规律,植根自然再创科技成果;艺术家同样需要遵循自然历史规律,创造超越时空界限的艺术作品,二者理念相通,科学中不断被探寻的真理与本质亦是艺术家的追求。李政道在《科学与艺术》中写道:"普遍性一定植根于自然,而对自然的探索则是人类创造性的最崇高的表现。事实上如一个硬币的两面,科学和艺术源于人类活动最高尚的部分,都追求着深刻性、普遍性、永恒和富有意义。"如今,科学与艺术被划归为不同的领域,但我们不得不承认在两个领域中,科学与艺术仍然有着盘根错节的联系,事实上科学与艺术是相互融合、互为补充和彼此成全的。

康德说:审美是一种反思判断,美感的过程不仅仅是形象的客观孤立的直觉,直觉的产生是瞬间的,是有条件的,这个条件即"心理距离"。而朱光潜的"距离说",把"审美的人""科学的人""实用的人"三者合为一体。朱光潜的"心理距离"与爱因斯坦的"自由眼光"如出一辙。爱因斯坦是科学家里极少在时间与空间上拥有更自由眼光的人。简单来说,自由的眼光需要近观与远看,远距离眼光要求我们保持一定的距离,就像欣赏悲剧的美,同时需要在工作中近距离探索,只有同时拥有二者,对现实生活采取一种审美的态度,才能形成自由的眼光。

爱因斯坦认为,我们必须对未知的神秘感有所了解与感怀,有所好奇与惊讶,否则人会如同行走在沙漠,暗淡无光,正如他所说:"一个人的价值,首先取决于他在何种程度与何种意义上实现自我的解放。"

2019 年 2 月完稿于清华园

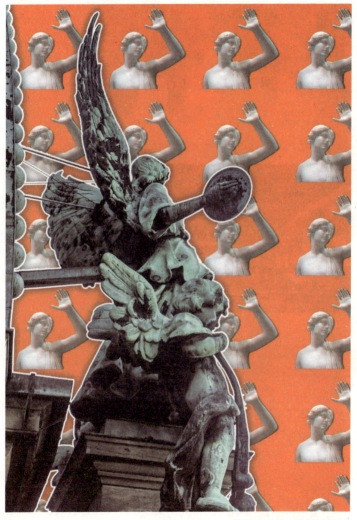

运用实践中的素材完成的插图设计

上：印象·城市（柏林），柴鑫萌，数字绘画，尺寸可变，2019
下：印象·城市（克拉科夫），柴鑫萌，数字绘画，尺寸可变，2019

印象·城市（乌尔姆），柴鑫萌，数字绘画，尺寸可变，2019

眺望与凝视

2017 年，北京初春的风刚起，便奔赴郑州招生了。眺望广阔的大地，满心期待，于一座古都与喝着黄河水长大的赴考的学子，在中华文明的轴心区，眺望着清华美院。我们在神秘而悠久的黄河岸，相遇了。

膏粱锦绣

清乾隆年间，修缮了山陕甘会馆，为当世富商巨贾同乡的聚会场所，会馆不大，布满了砖雕、木雕、石雕，精美绝伦，惟妙惟肖！如今山陕甘会馆已被列入全国重点文物保护单位，大概也得益于这些雕刻艺术品吧！未进会馆便可见照壁，布满砖雕牡丹和回字纹花框，刀法娴熟，中心刻有石雕二龙戏珠，一般传统图案中的二龙戏珠戏的是宝珠，而此处却是蜘蛛。古人将蜘蛛唤作"喜子"，视为吉兆。北宋经学家邢昺在《尔雅注疏》中写道："此虫来著人衣，当有亲客至。"《尔雅》许是汉人所作，有后人为之注疏，可见"蜘蛛兆喜"之说由来久矣。汉字中的谐音双关，在吉祥图案中的运用如鱼得水。另一说，蜘蛛广结网，商人也愿像这蜘蛛一样形成"人际网"，结交天下友，也是一种美好的愿景。再往里走，喜鹊闹梅、凤凰牡丹、鸳鸯戏水、青蛙卧莲、龙腾凤舞、花枝斗艳、狮子绣球、山雀玉兰、鹭鸶荷花、松鼠葡萄、麒麟呈祥、八仙过海……数不胜数，目不暇接！我曾见吉祥图案在汉锦、陶瓷、剪

上：照壁砖雕
下：二龙戏珠，木雕

纸、刺绣甚至平面设计中多有广泛的运用，但在雕塑中的运用是最惟妙惟肖、呼之欲出的。这些砖雕、木雕，让人不禁驻足凝视，荷叶被微风拂过，喜鹊闹得梅花轻颤，人物形态饱满，却又如此轻盈。

树影斑驳

本是冲着"中国第一古刹"和"驮经的石马"慕名来到白马寺，恰逢上香的日子，不免嘈杂。在越发嘈杂的人声中，踏过盛开的莲花石，晃过虔诚礼佛的人群，目光定格在满墙的光影斑驳中，恍惚，飘忽，定睛细辨方看得清"菩提道场"这几个字。正是初春，阳光正好，墙面像水面，泛起"波光"，不禁再次驻足，定睛看着眼前这一景象。慢慢的，周遭越是嘈杂，墙面越是清静；周遭越是燥热，墙面越是清冷，虽然它被翻新，漆满了暖色的涂料，但仍想象得出那原有的青灰，月光下，树影斑驳，想是会更加清冷理性。穿过等待领取斋饭的长队，目光扫过交叠的曲木、展翅的飞檐，又被另一处斑驳吸引，那矗立在大雄宝殿一侧的石碑。来往的人群竟无一在这碑刻前稍作停留，它像被遗弃一般。我又陷入了凝视，碑刻上隽秀的碑文在光影的变换中竟平添几分灵动。这些碑文，刻在了青石上，也印在了我的心上。《魏本·释老志》记载："中国有沙门及跪拜之法，自出始也。"后白马寺惨遭大火，又得以复建、扩建、重建，几世时光。老舍写有《白马寺》一诗，可见一斑。

上：菩提道场

下：碑刻

中州原善土，白马驮经来。

野鹤闻初磬，明霞照古台。

疏钟群冢寂，一梦万莲开。

劫乱今犹昔，焚香悟佛哀。

曲径通幽

在今龙门东山琵琶峰，有白居易墓，亦称白园。拾级而上，便可见碑楼，碑身题有"唐少傅白公墓"几个楷书大字。白居易，字乐天，晚年自号香山居士，又号醉吟先生，祖籍太原。生于乱世，为翰林学士时，诉民间疾苦："可怜身上衣正单，心忧炭贱愿天寒。"不堪官场，请求外放，写下"惟留一湖水，与汝救凶年""面上灭除忧喜色，胸中消尽是非心"，慨叹"座中泣下谁最多？江州司马青衫湿"。无不扣人心弦。晚年的白居易，开挖龙门一带阻碍行舟的险滩，写下了"门前常流水，墙上多高树。竹径绕荷池，萦回百余步"的诗句，直至逝世，也选择了这片恬淡幽静。冢周石碑，有一块印象深刻，用中日双文雕刻，许是通俗易懂，同行人念出声来："伟大的诗人白居易先生，你是日本文化的恩人，你是日本举国敬仰的文学家，你对日本之贡献恩重如山，万古流芳，吾辈永志不忘。"碑楼上刻有"兼善"二字，这也是白居易令很多韩国、日本的文学家敬仰的原因之一吧……

"老师，请问哪里可以复印准考证？"我被突来的声音打断了思绪，与这询问的目光打了个照面，一瞬间醒来。看着奔赴考场的莘莘学子，想到几年前的我也曾是这考学大军中的一员，那时候的我只是觉

上：兼善
下：白园

得，炮灰也好，利剑也罢，就做一个孤独的斗士去"身经百战"吧。彼时觉得要命的全世界，也都成了过眼云烟，他们的眼睛同我曾经的眼睛一样，是闪烁的，跳跃的，满心期待的，眺望着未知。但此刻，我所看到的，是我们的祖先曾在这片土地上劳作生息千万年，经历沧海桑田的巨变与沉淀，形成了现在的模样，这片土地承载着多少文明啊，赏过膏梁锦绣的繁华，陷入树影斑驳中沉思，最后在曲径通幽中重归黄土，突感深沉与凝重，当世的青年，我们的担子很重，但越是沉重，越能感受到我们存在的真实。

我们眺望的远方，恰是需要我们凝视的大地，不管眼睛看多远，路走多长，心中的梦想，不应仅仅是进入高校，考上美院，而是真正植根于我们生长的土壤，受到传统文化的滋养，让千万年的文化积淀慢慢渗透于心，去认识，去感受，去传承，去发扬。作为华夏子孙，基于对传统文化的通感，此刻的远方，成了我的故乡。我也曾在我的家乡向外望，但后来发现家乡有很多名胜古迹，具体不在此赘述了，被我一直占据却又不自知，现在的我正努力去发现、了解、传承她。现在的你们也是，终有一天会发现，你们眺望的远方就是你们的故乡。

梦想，是眺望的远方，亦是凝望的故乡。

丁酉惊蛰修订于清华园

俯瞰欧罗巴

弥月欧罗巴

2019年圣诞至2020年春节期间，出走欧洲多国，并于马德里康普顿斯大学访学，恰满弥月，是为一段值得记录的韶光。

布恩雷蒂罗

圣诞节当天的马德里，几乎没有商店营业，找了两个多小时才在一家快餐厅填饱肚子。匆忙的午餐过后，长时间的航程加时差，感觉身体有些昏沉，想晒晒太阳随意走走，便到了布恩雷蒂罗公园，碧空如洗的公园使人身心愉悦，一扫倦意。

布恩雷蒂罗公园于17世纪由哈布斯堡王朝腓力四世下令营建，用以国王隐居与静养，布恩雷蒂罗语意"快乐的隐退"。在巨大有序的公园中，震撼、清幽、华美并存。沿笔直宽敞的甬道行进，迎面铺开一个小环形广场，石板路上围起了一个大水池，水池中耸立着骑马像，阳光下粼粼碧波映在宽厚高大的石台上，随着戏水的天鹅与轻柔的和风闪动，绕过环形水池，甬道继续延伸，道旁一座座纪念性的人物雕塑在远处的雕塑广场对称排布，庄重且有仪式感。行至雕塑广场，高耸整齐的排列圆柱与雕刻精美的神像石刻，水光潋滟的湖面与流连盘旋的海鸥，观者无不为之动容。阳光洒在坐在台阶上惬意休息的老人身上，波光映在倚在湖边栏杆闲聊的青年的脸颊上。奔跑在石柱间打闹

从上至下：
公园一角
布恩雷蒂罗公园雕塑广场
水晶宫
在雕塑广场上写生的青年

的小孩,背靠着石狮雕塑写生的少女,充足的午后阳光中弥漫着人与自然的和谐之美。循着湖边走至广场对面的集市,相比雕塑广场的安适,更多了几分热闹欢愉。

水晶宫是一座通体由透明玻璃构成的建筑,似一个巨大精美的鸟笼,在参天古树的映衬下,视线于光影中交织,逆光中的水晶宫平添了几分神秘气息。美好的事物治愈身心,傍晚残存的余温过后感到一丝微凉,竟已忘了几小时前还在混混沌沌地寻找着什么。

2019 年 12 月 25 日于马德里

大教堂博物馆雕像（从左至右：圣母像、圣阿伽比托、在天使护送下的玛塔莲娜）

永恒的背后

米兰大教堂始建于 1386 年，是世界上最大的哥特式建筑，正如中央大门上镌刻的铭文"只有永恒才值得追求"，大教堂在六百多年的历史中见证了无数的重大事件与岁月沧桑。

广场上人头攒动，各地游客汇聚于此，顺着众人的目光仰望，圣洁壮观的大教堂蓦然呈现，通体大理石质地的壁柱与尖拱直指苍穹，众人无不惊叹。繁复华丽的浮雕描绘着众多圣经故事及历史事件，在建筑上有序地铺排，直至众多塔尖。环绕一圈，中央塔尖上镀金的圣母玛利亚雕像隐现，十字形结构使侧面的石柱看起来鳞次栉比，形式感极强，观感上比正面的大教堂更加庄严厚重，大教堂正面繁复的装饰与尖拱造成的升腾感也削弱了整体的厚重感。

大教堂博物馆详细展示了关于米兰大教堂建造的种种，从建造过程影像到建筑整体模型，从青铜浮雕到尖拱雕像，从玻璃彩绘花窗到镶嵌地板，巨细无遗。在雕塑的展示上更是详尽，墓地走廊、排水口、柱顶等石雕无不展现。浮雕的素描稿、小稿、成品共同呈现，可以清楚地看到一件浮雕作品的完整制作步骤，创作者在各个环节对作品的艺术表现及把控一目了然。雕塑家对同一主题的雕塑进行多次制作，共同展出其第一二稿及终稿，在制作三幅小稿的过程中反复打磨与尝试，通过对局部的取舍和技法的日益娴熟，最终使作品本身的张力及感染力得到释放。雕塑内部骨架、泥塑小稿，甚至是雕塑师的选拔考试、雕塑家的应试方案等都有呈现，既有"考生"习作，也有巨大的《圣

从上至下：

米兰大教堂俯瞰
米兰大教堂一隅
夜色中的米兰大教堂

母像》内部金属骨架，同时不乏《圣阿伽比托》《在天使护送下的玛塔莲娜》这样的精品，展陈方式及展厅的设计极大满足了观者的观看距离及角度。博物馆藏品精美、全面，且数量大，全方位展示了大教堂建设方方面面的细节与过程。

到了夜晚，中央塔尖上的圣母玛利亚雕像更加凸显，白色大理石在灯光的映衬下愈发纯净洁白，"建筑师眼中的一团白色火焰"（马克·吐温）正腾空而起，那一座座塔尖在指引人们虔诚信仰的同时也彰显着艺术的奇特魅力。

2019 年 12 月 日于米兰

上左：玛丽亚广场喷泉
上中：圣诞集市
上右：慕尼黑郊外
下左：慕尼黑以南的阿尔卑斯山麓
下右：慕尼黑以南的阿尔卑斯山麓雪原

一时光景

凌晨三点左右,在去往慕尼黑的过夜火车上醒来了,刚好经停站台,透过玻璃车窗和浓浓的雾气,旅人们匆匆进出,挂着大包小包独行的背包客,三三两两一边聊天一边赶路的亲友,慢慢消失在了微暗深邃的夜里,天微微亮,清冷又安静。

一番休整过后来到了玛丽亚广场,慕尼黑的夜晚有多安静,白日里就有多热闹,大教堂的钟声连绵不绝,成群的鸽子穿梭于密集的人群中,圣诞集市熙熙攘攘,各种酒水美食、工艺制品、圣诞节周边目不暇接,与早上的清冷安静截然不同。人们沉浸在圣诞欢愉的气氛里,每一份微小的情绪、快乐与声音都淹没于看似巨大和永恒运转的城市机器中,看似永恒的亦是正在发生的,随着时间的流逝,不断地沉积过去,创造新生。慕尼黑的郊外,有大片的草地与绿色植被,走在宽敞的泥土路上,与白天的热闹又不尽相同,多了几分宁静与朴素,没有了城市的人工建筑与教堂,大自然原始质朴的美凸显出另一种永恒。

此行约见了正在慕尼黑大学攻读博士学位的金泽师兄,想来是第二次来慕尼黑了,也是第二次在这座城市约见金泽师兄,一见面就聊得停不下来,在陌生的异国内心竟平添了几分熟识的温暖。

热闹与安静,短暂与永恒,陌生与熟悉,正是这诸多二元对立的存在,才使我们对生活的感知细腻复杂、变幻多彩。

2019 年 12 月 28 日于慕尼黑

上：荷兰国立博物馆
下左：自画像，梵高，布面油画，1887
下右：倒牛奶的女仆，维米尔，布面油画，1660

孤独的先驱

　　荷兰国立博物馆坐落于阿姆斯特丹,馆藏丰富,是荷兰最大的博物馆,同时是世界十大博物馆之一。该馆由建筑师皮埃尔·库贝设计,融合了文艺复兴与哥特式的风格,红白相间的砖石和装饰纹样与雕塑使其外观恢弘庄重。博物馆藏品类型丰富,绘画、雕塑、工艺美术、服装、船舶及建筑模型等都有涉及。藏品时间跨度大,包括中世纪和文艺复兴、17-20 世纪、荣誉长廊、夜巡画廊等多个展厅;从地区上来说分布广泛,以荷兰为主,同时收藏了欧洲其他国家和亚洲的美术作品,设有亚洲馆和菲利普馆,主要展出中国、印度、日本等国家的艺术品。研究图书馆是荷兰历史悠久、规模最大、藏书量丰富的艺术史图书馆,是博物馆的特色之一,吸引着世界各地对艺术有追求与向往的人们。

　　17 世纪是荷兰绘画的黄金时代,流行于此时期的"荷兰小画派"诸多支派的艺术家们迎来了创作的鼎盛期。新兴的资本主义制度下自由与民主思潮盛行,摆脱教皇与宫廷束缚的艺术家们的创作题材更为广泛,同时来自资产阶级与市民的大量订单也刺激着画家们的创作欲,因此传世画作与著名艺术家派生。博物馆二层设有荣誉长廊,珍藏与陈列着大量 17 世纪荷兰著名艺术家的作品,以风景、肖像、风俗画为主,如弗兰斯·哈尔斯的《醉酒的人》、梵高的《自画像》、乔治·亨德里克·布莱特纳的《穿白色和服的女孩》、扬·斯丁的《快乐的家庭》等都陈列在内。约翰内斯·维米尔的《倒牛奶的女仆》,描绘了一位女仆正在用陶罐倒牛奶准备早餐的日常生活场景。画中平凡的人物角色及生活角落似乎从不被人看重与关注,但在画家的笔下,厚实的身体与温和的神情、灰白的墙面与陈旧的篓筐、褶皱的桌布与松软的面包等全部被细细勾勒,充溢着质感与细节之美,透过窗户照进室内的日光铺满画面,陶罐里的牛奶散发着甘甜,所有的颜色、笔触、光影、情绪都融于和谐的色调中,阐释着生活的恬静与朴素。同样的画面处理在《读信的蓝衣少女》中亦有呈现,使观者感受到庸碌平淡的生活里不乏美与珍贵。

罗素在《西方哲学史》中写道:17 世纪的荷兰是唯一有思想自由的国度,它的重要性不可胜述。而任何描述 17 世纪的荷兰的著作,伦勃朗的名字都会跃然纸上。荣誉长廊末端的方形展厅即是夜巡画廊,在展厅最重要的位置,是伦勃朗的布面油画作品《夜巡》。这幅画是 17 世纪阿姆斯特丹工会军官的集体订单,伦勃朗打破了集体肖像画创作的固有模式,一反"画照片"似的照本宣科与面面俱到,将画面处理成一部无声的"舞台剧"。他在画面的空间层次、节奏把控、氛围营造及细节处理上都卓尔不群,着重描绘了位于画面主体位置的两名军官,其他军官及物象皆处于暗部和不同的空间,由于画面需要及叠压关系,有的人物形象只表现了局部,纯熟的技法与画面的创新迎来了伦勃朗创作的高峰。当伦勃朗提交订单时却发生了变故,定做肖像的每一位军官都希望画家在画布上尽量全面地展现自己,每个人都要成为主角之一,要求画家更改,双方僵持不下后不欢而散。伦勃朗因此受到了巨大的打击,之后订单寥落,生活日益窘迫。在随后的人生中,他只要循旧或跟风创作即可"东山再起",但他毕生都在用深刻的观察与

《夜巡》画廊

创造力寻找着油画中的光与万物的灵魂，没有改变自己对创作观念的坚持，直至逝世。美术史学家肯尼斯·克拉克在《伦勃朗序说》中写道："即使是对绘画没有任何兴趣的人，也会被他作品中那种其他画家作品中无法见到的形式所感动。他似乎一直挖掘到人生的根源，并将自己的内心世界展现在我们的面前。"伦勃朗将自己的一腔热情与真诚展现在世人面前，自己却成为孤独的先驱。

眼前的巨幅《夜巡》被大型的透明玻璃隔断保护着，博物馆甚至为它设置了专门的消防通道。人们小心翼翼捍卫的，大概不仅仅是这张传世之作本身，更是艺术家百折不回、敢于创新、坚持并践行个人艺术理念的赤子之心吧！

2019 年 12 月 31 日于阿姆斯特丹

上左、上中、上右：KW 当代艺术画廊展品

中左、中右：人民宫画廊展品

下左、下右：汉堡火车站博物馆内展品

现当代艺术碎片

　　人们对当代艺术的理解不尽相同,对当代艺术的不同阐释与定义决定着创作者的语境与归属。首先,当代艺术并不是某一种类的艺术,而是发生在当代的艺术;其次,当代艺术须是具有当代性的艺术,即应具有时代精神风貌。特定的时代会产生特定的艺术,故本质上当代艺术与古典艺术没有差别,不同时代有不同时代的特点;再次,当代艺术应是当代的前卫艺术或实验性艺术,要在观念、语言等方面进行探索,不论使用何种语言,如现成品与废弃物的再利用,声音影像与动态装置的多维呈现等,都应是创作者内在的需要,而不是时代的追随者,创作者应在摸索的过程中成为引领者。

　　汉堡火车站博物馆是一座建立在废弃火车站上的现当代艺术博物馆。二战期间由于其位于东西柏林之间的无人区,因此被闲置了几十年,1987年首次作为博物馆举办了"柏林之旅"的展览,后经建筑师约瑟夫·保罗·克莱胡斯的多年主持修建,于1996年作为当代艺术博物馆向公众开放,收藏着自20世纪下半叶起大量现当代艺术作品,包括安迪·沃霍尔、塞·托姆布雷、罗伯特·劳森博格、安塞姆·基弗、约瑟夫·博伊斯等艺术家的创作。博物馆一层的大型声音建筑装置出自伊斯坦布尔的艺术家和音乐家杰夫德特·艾瑞克之手,他用一种解构的方式重新阐释了古希腊建筑与圣坛,通过钢架甬道、扬声器浮雕等工业元素构建了视听觉对古典建筑的颠覆体验,创造了一个多维度的叙事空间。印度裔英国艺术家安尼施·卡普尔,出生于孟买,于伦敦

上：夫德特·艾瑞克的声音建筑装置

下：《1000 names》，安尼施·卡普尔，1984

居住生活，作品植根古印度的神秘哲学思想，将东方文化内涵与西方艺术观念相融，构建着即幻想又真实、即抽象又具体的艺术景观。卡普尔说：红色具有某种含蓄和主动的性征，这让我着迷，我总是想用红色创作作品。博物馆展出的《1000 names》再次体现了卡普尔的创作观念。

现当代艺术的发展，颠覆性地重塑了艺术的审美传统与创作边界，通过艺术创作与艺术哲学的方式得以实现，立足当代社会环境，用自己的语言与情绪真实地塑造与表达当前的时代特征，应是现当代艺术创作的根本。贡布里希在《艺术的故事》中说：越走近我们自己的时代，就越难以分辨什么是持久的成就，什么是短暂的时尚。因此，基于时代的、生命力持久的艺术作品，需要我们不断实践与探索。

2020年1月3日于柏林

上：迈森瓷器博物馆的双剑标志
下：迈森瓷器

白金瓷都

在德国萨克森州的易北河畔,有一座千年历史古城——迈森,小镇闻名于"迈森瓷器",我们亦是慕名而来。

随着丝绸之路的开通,中国的瓷器传入欧洲并渐渐盛行于名门贵族,中国外销瓷的价值一度堪比黄金,成为财富与权利的象征。18世纪初,德国炼金术士发现了制作瓷器的技术,在萨克森选侯国奥古斯都二世的支持下,迈森瓷器厂于1708年建成,也是欧洲第一家瓷器厂。从模仿中国陶瓷的器形与纹样,到逐渐形成自己的风格与特质,迈森瓷成为欧洲瓷器的代表而闻名遐迩。三百多年来,作为欧洲最古老的陶瓷企业,同样走在世界陶瓷艺术的前沿,素有"瓷中白金"之美誉。

初入博物馆,在工作人员的引导下观看了陶瓷雕塑制作的全过程,通过语音导览、影像、模拟车间等形式,对瓷泥的加工提纯、瓷器的制作与翻模技术、复杂的陶瓷雕塑成型工艺、陶瓷制品的素烧与釉烧、釉下彩与釉上彩的绘制等均进行了展示,较为全面地呈现了瓷器与陶瓷雕塑从泥到成品的始末。瓷器博物馆针对不同类型的作品设有多个展厅,有大量的动物、人物和日用品瓷器,既有工艺精湛的传统瓷制品,又有当代艺术家创作的陶瓷作品,还有设计精良的陶瓷艺术品商店。迈森博物馆不仅注重传统制瓷工艺的承续,也有符合时代潮流的艺术创新,其工艺性与艺术性相得益彰,学术价值与商业价值齐驱并骤,吸引了来自世界各地的手工艺者、艺术家、商人及游客。

寻找瓷器博物馆,惊喜于迈森这座小镇的古朴妍丽,雨水洗涤后的古城脱去沉浊，一切都自然清爽，高低错落的红顶建筑沿河岸铺展，一条条起伏的道路在城镇中纵横交织，远远就能看到标志性的哥特式大教堂建筑的尖顶，平静清冽的易北河水悄然流动，数百年的历史与文化倒映其中。镇上人很少，加之旅游淡季，基本看不到行人，俯瞰河岸时眼角余光中望见一位在岸边独自垂钓的人，时光清浅，安之若素，闲云野鹤般恬逸安适，偶有飞鸟掠过河面，细雨微风中柔和清新扑面而来。

　　德国有瓷都迈森，中国有景德镇闻名遐迩；迈森位于萨克森州的易北河畔，我的家乡位于河北易县的易水河岸，冥冥中的时空对接，拉近了我对迈森的心理距离，随即泛起些许思乡心绪。

2020年1月4日于迈森

迈森小镇

千城之城

布拉格的起源要追溯至一个美丽的传说,睿智的莉布丝公主被父亲选定为捷克的继承人,创建了霍什米索王朝。公主有很多预言,其中包括预言了布拉格的荣光,异象中她看到了在伏尔塔瓦河边严峻陡峭的山崖之上,有一座名为"布拉格"的城堡,所有的人都将给予城堡及环绕它的城市以赞美,它将享有无限荣誉。公主预言中描绘的便是布拉格城堡。布拉格城堡于公元 880 年建造,直至 12 世纪大体完工,自此,在建筑群簇拥下的城堡成为多个统治者的皇宫,"千城之城"的布拉格让公主的预言实现了。

伏尔塔瓦河上的查理大桥连接着老城与新城,胜景相随中行至布拉格城堡,哥特式风格的圣维特大教堂、罗马式风格的圣乔治教堂、文艺复兴风格的罗森堡宫等相继映入眼帘,这座世界上最大的连体式城堡建筑让人惊叹不已。最惊喜的莫过于城堡画廊,画廊展出了大量 15—18 世纪的欧洲绘画作品,也有如提香、丁托列托、鲁本斯等艺术家的出色作品。不同于一般博物馆与美术馆相对严谨的艺术体系或风格呈现,城堡画廊保存着自斐迪南一世以来的全部皇家藏品,某种意义上呈现了一部皇室家族史。从城堡画廊阳台俯瞰,布拉格全景尽收眼底,这是一座童话的城市,无数作家、诗人、音乐家、艺术家从这里汲取灵感,创作传世之作,是名副其实的"文艺之都"。漫步在布拉格街头,风格各异的建筑跃入眼帘,从罗马式、哥特式到文艺复兴、新古典主义,整体以巴洛克风格和哥特式为主,各个历史时期与风格的建筑

上：俯瞰布拉格

下左：布拉格城堡　下中：布拉格城堡画廊　下右：天文

均有呈现。"千塔之城"的布拉格，是天才创作者们获取灵感的绝妙地，是米兰·昆德拉笔下"让我们陶醉，令我们感动，赋予我们生活以美丽的一切"的脑海中"诗化记忆"的栖息地；是莫扎特指尖优美激昂旋律中的《布拉格交响曲》的第二故乡；是慕夏画中那些清新优雅、动人心魄的自然女子的灵魂归宿。

傍晚时分来到了哈维尔集市，集市上呈现着各大洲很多国家的特色文化小商品，大概是布拉格悠久、变革、多色的历史与锦绣的自然地理环境促使了其较高的国际化程度。有趣的是集市上一位卖银耳饰的大爷，在交谈中得知我们是中国人后说自己会"太极"，随即非常热情地打了整段42式太极拳，有板有眼，张弛有度，我也被他鼓励着"亮了几招"。惊诧于老人可以熟练打出太极拳和对中国文化的热爱之余，深深感受到在世界友好互通往来的过程中地域与民族文化的潜在价值，感受到了文化无界的魅力。

2020年1月6日于布拉格

上：自由桥
下：中央市场

多瑙河明珠

布达佩斯是匈牙利的首都、多瑙河畔的明珠,在蒙卡奇的画中流传、在巴托克的曲中悠扬,在裴多菲的笔尖流淌。有底蕴深厚的历史,有忧郁感伤的气质,有宁静幽雅的老城,历经金戈铁马、沧海桑田,依旧散发着独特的魅力。

在匈牙利诗人裴多菲·山陀尔的诗句中,布达佩斯是倾心的恋人:"姑娘,你可见过多瑙河?它从一个岛的中央流过;我说你那娇美的面容,轻轻荡漾着我的心波。绿色的落叶从岛旁,被卷入蓝色的水浪,我说你那希望的浓荫,悄悄撒在我的心上。"横跨多瑙河、连接左岸布达与右岸佩斯的自由桥,在阳光下透着清冷、刚毅和坚卓,未可知裴多菲是否是在自由桥前作出:生命诚可贵,爱情价更高。若为自由故,两者皆可抛……的醒世箴言的,他的天赋与苦痛、激情与生命,源于此,归于此,后人誉他"是在被奴隶的鲜血浸透了的、肥沃的黑土里生长出来的'一朵带刺的玫瑰'"。是啊,布达佩斯的土地,经历了太多灾难与痛苦。

沿河岸向前,走过链子桥,不远处便是匈牙利雕塑家鲍乌埃尔·久洛的"大屠杀纪念雕塑"鞋履作品。雕塑由六十双灌注成型的鞋履组成,鞋头面向湍急的河水,沿河岸错落展开,约二十米长,虽是铁履,却似乎让人感受到主人的苦难与温度。铁铸标牌上面分别用英语、匈牙利语和希伯来语写着:"纪念1944—1945年间被箭十字党武装分子屠杀并抛入多瑙河的死难者。"大批犹太人在此地被害,他们被推至河

上：鲍乌埃尔·久洛，鞋履雕塑，2004
下：鞋履雕塑局部

边,枪杀抛尸,仅有鞋子被留下来,最后放到黑市上倒卖。此时,有的鞋子插上了鲜花,有的系上了祈祷绳,有的旁边摆放着蜡烛,过往行人驻足缅想。经过雕塑旁,冰冷的河流,凝滞的空气,无声的铁履,感受到极大的压抑、恐惧和悲愤,令人心生敬畏。对苦痛历史的铭记与缅怀,是为了防止悲剧的重演,期盼和平与幸福。

漫步于黄昏中的河畔,今天的人们更多地醉心于星空下渔人堡的撩人夜色与多瑙河泛舟的魂牵梦绕。早在2015年匈牙利就同中国签署了《中华人民共和国政府与匈牙利政府关于共同推进丝绸之路经济带和21世纪海上丝绸之路建设的谅解备忘录》,也是首个签署此类合作文件的欧洲国家。如今勤勉善良的布达佩斯人民不仅生活安乐,同时吸引着来自世界各地的友人,更有诸多电影人、文学家、艺术家通过不同的方式给予其赞誉,希望多瑙河畔的这颗明珠永伴温暖与光亮。

2020年1月7日于布达佩斯

上：威尼斯主岛一角
下：威尼斯海上风光

水城威尼斯

威尼斯是被水包围的城市，"因水而生、因水而美、因水而兴"，与水有着千丝万缕的联系。

水城土地资源珍贵，建筑物排列密集，开阔宽大的圣马可广场尤显奢侈壮观。早上空气中还沁满水汽，湿漉漉的，不到正午就被热情的阳光"烘干"了。纵横交织的河道从小城穿过，陆面上的道路多是狭窄弯曲的小路，走在其中颇有几分探险的心境。河道上座座小桥连接河岸，风景别致，最著名的数叹息桥了。叹息桥两端连接着市政厅与重犯监狱，相传重犯监狱的死囚受审前会经过叹息桥，如此美景却是无法再见，即将失去自由与生命的囚犯不由得发出叹息，叹息桥由此得名。

河道中时不时有小野鸭自由戏水，岸边停靠着一艘艘的小艇，回想起课本里学过的马克·吐温的散文《威尼斯小艇》："威尼斯的小艇有二三十英尺长，又窄又深，有点像独木舟。船头和船艄向上翘起，像挂在天边的新月。"威尼斯的交通方式以船为主，基本上没有其他交通工具，小艇类型多样，有载客、载货、游艇、快艇等，比较特色的是消防艇与医务艇，医院急诊科设在宽宽的河道对面，船是最快的交通方式，船们的驾驶技术高超，操纵起来游刃有余，各种类型的船只遊艇在水面灵活得不亚于我们在陆路上开车。

慕名来到"沉船书店"，书店位于海平面以下，偶尔会有海水倒灌进书店里，所以店内书籍被放进了各式的独木舟、橡皮筏和浴缸里，实用

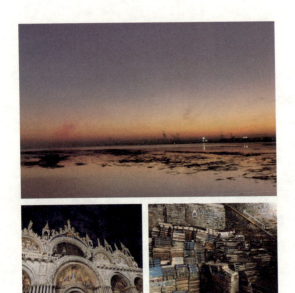

上：海上落日余晖　摄影／孙芮頔
下左：圣马可大教堂
下右：沉船书店

之余不乏装饰感。火灾逃生通道是侧门背面的一条窄窄的水道,门板上画有游泳逃生的小人标志,既幽默又有特色。书店内部有一个小庭院,庭院里堆满了书籍,店主将它们靠墙摆成阶梯状,尽管历经日晒雨淋的书籍阶梯看起来有些摇摇欲坠,依然让人不由得想顺着走上去。

明媚的午后阳光中的玻璃岛,有如朱自清描述的一般:"这里没有什么煤烟,天空干干净净;在温和的日光中,一切都像透明的。"玻璃岛上有玻璃制作工厂、玻璃工艺品商店、玻璃制品博物馆与美术馆,各式各样的玻璃手工艺品流光溢彩,其特质似水,纯净透明。信步其间,一面是波光潋滟的水面,自然而然,水到渠成;一面是熠熠生辉的手工玻璃制品,精雕细琢,巧夺天工。光与色,动与静,瞬间与永恒,灵动与朴拙,云云午后时光,孕育了威尼斯的玻璃艺术。

威尼斯是一个充溢着水、离不开水的人间奇境,人们的生活方式、行为习惯、审美取向等都直接或间接地受着水的影响,别致,灵动,浪漫,至善至柔,钟灵毓秀。

2020 年 1 月 9 日于威尼斯

于圣母百花大教堂俯瞰佛罗伦萨　摄影／汪雨

巨人的时代

佛罗伦萨位于亚平宁山脉中段西麓的盆地、意大利中部，作为欧洲文艺复兴的发源地，其文化艺术遗产丰富。作为世界艺术之都，佛罗伦萨还有一个诗意的名字——翡冷翠，至今仍以其大量文艺复兴时期的建筑、雕塑、绘画等艺术遗产与人文主义思想吸引着世界各地的人们。

13 世纪末形成的佛罗伦萨画派，大师辈出，基兰达约用诙谐亲切的《老人和他的孙子》，波提切利用精雕细琢的《维纳斯的诞生》，达·芬奇用近在眼前的《最后的晚餐》，将古典神坛拉到人间，用人文主义思想叩开了天堂的门。根据一本古希腊罗马时代的建筑手稿，圣母百花大教堂得以落地，自此佛罗伦萨的兴衰与美第奇家族联系在了一起。圣母百花大教堂至今耸立在城市中心，大教堂穹顶内部乔尔乔·瓦萨里的巨幅天顶画《末日审判》，色彩辉煌，构图紧密，气氛浓郁。兼为理论家的瓦萨里著述了第一部西方艺术史著作《意大利艺苑名人传》，书中首次运用了"文艺复兴"一词，详实记载了文艺复兴时期二百六十多位画家、建筑师、雕塑家的作品。瓦萨里写道："艺术中的一个小小的开端，可以引向最崇高的升华，而从这一崇高的境界，艺术也可以坠向彻底的衰亡，艺术类似于我们生命的本质，有其出生、成长、衰老与死亡的过程，我希望用这一类比来使艺术复兴的进化历程更易于理解。"如其所言，文艺复兴之初的艺术家在古典艺术的基础上进行了创新，人物形象柔和且富有生气，开始观照现实。在奇马布

上：圣母百花大教堂穹顶

下：佛罗伦萨美术学院美术馆

埃的指引下,乔托作为"欧洲绘画之父"使文艺复兴艺术诞生了。中期的艺术家们注重表现作品的透视结构、比例动态等,作品生气盎然、充满动感。如多纳泰罗与布鲁内莱斯基的作品,在文艺复兴的"少年期"大都寻找着艺术的真谛,即关注并模仿自然;随后迎来了青年期,即鼎盛期,这一时期的艺术家可以"准确、优美、自由"地表现瓦萨里口中的"规则、秩序、比例、设计、手法"等艺术表现原则了,他们的作品超越了前人,比自然更美,他们是恩格斯笔下的"巨人"。恩格斯在《自然辩证法》导言中写道:"这是一次人类从来没有经历过的、最伟大的、进步的变革,是一个需要巨人而且产生了巨人——在思维能力、热情和性格方面,在多才多艺和学识渊博方面的巨人的时代。"如达·芬奇与拉斐尔,其完美境界,终于天才的雕塑家、建筑师、画家、诗人米开朗基罗,世人传道:如果说达·芬奇像深沉的大海,拉斐尔像晴朗无垠的草原,那么米开朗基罗就是一座巍峨的高山。

米开朗基罗出生在阿雷佐的一个雕塑之家,自幼掌握了大理石雕刻技巧。在临摹中成长的米开朗基罗 14 岁时在老师基尔兰达约的引荐下结识了美第奇家族,自此,米开朗基罗一生都在佛罗伦萨与美第奇家族的政局动荡中飘摇,如他所说:"在这奴隶般和寂寞无聊的条件下,在斜路上,在极端的精神疲乏中,我雕刻自己神圣的作品。"作为一名雕塑学子,我对米开朗基罗的作品或不陌生:锋芒初露、稳中求胜的《台阶上的圣母》(1491);雕刻精粹、令人恸容的《哀悼基督》(1496);别出心裁、显喜隐悲的《酒神巴库斯》(1496);场景宏大、撼人心魄的《创世纪》(1508—1512);稳若磐石、目光如炬的《摩西像》(1513—

1516，局部完成于1542—1545)；体态夸张、奋力挣扎的《被束缚的奴隶》
（1516）；一动一静、一松一紧的《昼夜晨暮》（1520—1534）；情感
充沛、直击本性的《最后的审判》（1534—1541）等。米开朗基罗一
生悲观忧郁、苛刻淡漠、不修边幅，唯有对艺术挚爱一生。他沉醉在"把
石块中的形象'解放'出来"的事业中，罗曼·罗兰称其为"真正的英雄主
义"，"世界上只有一种真正的英雄主义：便是注视世界的真面目——
并且爱世界。"（《米开朗琪罗传》，傅雷译，1934 年）英雄的米开朗
基罗创造了众人心目中的英雄——《大卫》。

　　《大卫》是米开朗基罗于 1501—1504 年间创作的大理石雕像，现
存于佛罗伦萨美术学院，高 3.96 米，连基座 5.5 米。其取材于《旧约》
以色列王大卫的故事，彼时的米开朗基罗在流离转徙的生活中将全部
的情绪、思想与希望贯注于眼前这块并不完整的大理石上，创造出一
位朝气蓬勃、意气风发的英雄少年形象，世人为之动容。雕塑整体结
构凿刻严谨扎实，空间处理游刃有余，形体转换承顺流畅，筋脉关节等
细节深入，骨肉发肤等肌理生动鲜活，疏密节奏安排得当，人物情感微
妙充沛。既有外在的优美与健壮，又有内在的张力与力量，人体重心
在偏移中找到了完美平衡，浑然天成的整体与张弛有度的局部营造了
视觉冲击。神色自若的面部雕刻与剑拔弩张的肌肉造型，使风华正茂
的翩翩少年不乏成熟稳重的睿智，寸丝不挂的躯体却似擐甲披袍般战
无不克，这就是人们心中的英雄，是最接近神的完美的人，经得起世间
给予他的所有的尊崇与歌颂。

　　而今艺术的文艺复兴洪流已退，米开朗基罗的一生早已收场，《大

大卫，米开朗基罗，1504

佛罗伦萨

卫》雕像和其他米开朗基罗的作品得以传世与颂扬。环视雕像,胸中肃然,耳畔是罗曼·罗兰给巨人的赞词:

伟大的心魂有如崇山峻岭

风雨吹荡它

云翳包围它

但人们在那里呼吸时

比别处更自由、更有力

纯洁的大气可以洗涤心灵的秽浊

而当云翳破散的时候

它威临着人类

2020年1月10日于佛罗伦萨

在圣伯多禄大教堂圆穹顶部俯瞰

大教堂

穿过协和大道，迈进圣彼得广场，就来到了梵蒂冈。梵蒂冈是一个内陆城邦国家，其在世界上，国土面积最小，但国土之上几乎全是世界文化遗产；人口最少，却也是全世界六分之一人口的信仰中心。

圣彼得广场由洛伦佐·贝尼尼设计，广场两侧由半圆形的塔司干式廊柱环抱，像一双手臂迎接与宽宥着来自世界的信徒，廊柱顶部排列有一百四十个大理石圣人像，均由贝尼尼及他的学生雕刻而成，雕像间不时有鸽子穿梭，落在他们的肩膀、头顶，好像在上演一部史诗话剧，以碧空为幕，庄严圣洁，气势恢宏。广场中央是一座二十五余米高的无字方尖碑，神圣瞩目，方尖碑与廊柱之间为两座双层喷泉，水花在阳光下跳跃，潺潺悦耳，吸引了众人来此合影留念。径直向前来到圣伯多禄大教堂前，平顶之上耶稣与十二门徒雕像高耸挺立，正面阶梯两侧则是持有通向天堂的钥匙的圣彼得与持剑的圣保罗。走过雕像，看到了器宇轩昂正在执勤的瑞士近卫队士兵，文艺复兴时期风格的制服与充满仪式感的换岗，使人心生肃穆、凛然之感。

圣伯多禄大教堂是世界上最大的教堂，最初由君士坦丁大帝主持修建，教皇尤利乌斯二世于十六世纪决定重建，拉开了长达一百二十年的浩荡伟大的工程。大教堂由包括拉斐尔、米开朗基罗在内的多名建筑师、艺术家参与设计，殿堂内部呈十字架形状，其交点为教堂中心，内有诸多圣人雕塑、马赛克镶嵌壁画、工致浮雕、名人墓龛、靡丽穹顶，以米开朗基罗的《哀悼基督》、贝尼尼的圣彼得宝座、青铜华盖最

上左：瑞士近卫队执勤士兵

上右：圣彼得广场半圆形廊柱

中左：在圣伯多禄大教堂圆穹环形平台俯瞰教堂内部

中右：圣伯多禄大教堂小穹顶

下左：圣伯多禄大教堂内景，由下至上为教皇祭坛、青铜华盖、大教堂穹顶

下右：哀悼基督，米开朗基罗，1498

为著名。置身其中环视仰望，有"乱花渐欲迷人眼"的错觉，远观近看，其门廊、地板、石柱、穹顶等，无不华美异常、神圣威严。圣彼得广场与圣伯多禄大教堂汇聚着意大利文艺复兴时期大量艺术家与建筑师的才华与智慧，使其不仅是天主教的世界圣地，同时是一座后人难以企及的艺术殿堂。

大教堂的建造源于欧洲，数量众多，是人类智慧与文明的结晶。世界五大教堂有梵蒂冈圣伯多禄大教堂、意大利米兰大教堂、西班牙塞维利亚大教堂、意大利佛罗伦萨大教堂、英国圣保罗大教堂。大教堂不仅是一座城市的文明标志，更是无数宗教信徒的精神信仰，其拥有的建筑、雕塑、绘画等文化艺术瑰宝无限，全世界的人们被大教堂无限的物质与精神文化遗产折服，相信越来越多的人会从中有所感知、收获与成长。

今天，大教堂的魅力依然发挥着巨大作用，浅者身心撼动、颂其壮美，深者净化心灵、启迪智慧。在变幻流逝的沧海桑田里，大教堂似平行时空里的永恒。

2020年1月11日于梵蒂冈

上：古罗马斗兽场
下：凯萨神庙遗址

贝尼尼的罗马

罗马是世界文化的发源地之一，建造历史悠久，被称为"永恒之城"，数千年的远古神话与精神文明在此沉淀流传。

见证教皇国、罗马共和国、罗马帝国等辉煌岁月的罗马，拥有亚壁古道、巴西利卡、古罗马斗兽场、凯旋门、万神殿等大量珍贵历史遗迹，规模宏大、应接不暇的古迹遗址连续不断，几乎要铺满罗马的每一寸土地，行至其间，令人流连。色调浓郁、日久岁深的罗马吸引着全世界对宗教历史与人学艺术感兴趣的人们，他是《君士坦丁传》里那个缔造一代帝国而改变世界历史进程的大帝，他是孟德斯鸠论述共和制度政治主张的历史理论依据，她是《罗马假日》里赫本天真烂漫的微笑与户外舞会的一吻定情，而在我的眼中，他是"贝尼尼的罗马"。

傅雷认为，罗马是贝尼尼的罗马，因为他彻底的塑造了罗马，也留下了巴洛克的标准。他给予他那个时代的影响在历史上是无人能与之匹敌的。贝尼尼出生的时候，米开朗基罗已去世三十余年，巴洛克艺术正在文艺复兴的尾声中慢慢滋养。数十年光景间，贝尼尼搭建了华美的舞台，呈上了精湛的道具，点亮了耀眼的光束，请出了情感充沛的演员，借由远古诗歌与神话的旁白，在罗马打开了永恒华丽的巴洛克篇章。

他精湛的表现手法与才华在肖像雕塑《被诅咒的灵魂》与《被保佑的灵魂》中得以展现，以多位教皇与红衣主教为首的权臣显贵向贝尼尼抛来橄榄枝定制肖像，藉以万民尊崇、灵魂永存；化瞬间为永恒

从上至下：
万神殿
许愿池
圣天使桥雕塑
四河喷泉雕塑

的主题性雕塑《阿波罗与达芙妮》，隐情于体，美焕于形，引得教皇乌尔班八世为其亲赋诗歌；教堂雕塑《圣女德列萨》及其祭坛，隐喻高歌，纳光纳色，颠覆圣堂，在极致奢华中奏响乐曲冥想空白，邀人心驰神往，幻象丛生。当贝尼尼将目光投向广阔的公共空间，聚焦在罗马这个大舞台的时候，巴洛克华丽的乐章已然奏响。纳沃纳广场的《四河喷泉》，集代表欧洲、亚洲、非洲、美洲的多瑙河、恒河、尼罗河、普拉达河于一体，中间是象征天主教会的高耸方形尖塔，寓意可见一斑；跨越台伯河的圣天使桥，大理石铺砌的桥拱与十二天使雕像在碧绿河水、湛蓝天穹与明媚阳光的映衬下愈发神圣典雅；还有密涅瓦广场的《大象与方尖碑》、巴贝里尼广场的《海神喷泉》等，在贝尼尼的手中，一只只乐曲、一场场演出于罗马邦畿拉开帷幕。游走于罗马街头，像置身巨大的古典室外展厅，既真实又梦幻。倘若为贝尼尼举办展览，展陈地点应该是罗马，展览时间是永远。

贝尼尼的雕塑是戏剧的、运动的、音乐的、诗歌的，是宽广抒情的、精细入微的、情感充沛的、轻柔梦幻的，她们在低语、在诉说、在呐喊、在歌唱，他给予我们的启示，是让我们对此了然于心：雕塑之所以是雕塑，瞬间即永恒；雕塑不只是雕塑，包罗万象。

2020年1月12日于罗马

圣家堂诞生立面雕塑

自然建筑的理想

巴塞罗那位于西班牙西北部、地中海沿岸，气候宜人，文化气息浓郁，素有"伊比利亚半岛的明珠"之称，而西班牙建筑师安东尼奥·高迪留在城市上的印迹无疑是这颗明珠的"高光时刻"。

高迪出生于加泰罗尼亚的小城雷乌斯，在"成为建筑师"的理想中成长，于建筑学校毕业后结识了他的"伯乐"古埃尔，在巴塞罗那大展宏图，创造了圣家堂、米拉之家、巴特罗公寓等诸多"高迪式"传世建筑。径直来到圣家堂，其三面纪念碑式的立面——诞生、受难与荣耀，用宏大与细节、复杂与概括冲击着人们的视觉感官。在圣家堂，我们看到了高迪心中的建筑理想宏图，大自然是高迪创作的灵感源泉。他说："只有疯子才会试图去描绘世界上不存在的东西！"教堂大殿的石柱林拔地而起，于顶部过渡出支支分权，表面弧形的起伏与锯齿状的节点融合流畅，俨然一幅梦幻自然的天国模样。他说："建筑不但不应该抛开色彩，还要用色彩来赋予形式和建筑以生命。色彩是形式的补充，是生命力最明确的表达。"拱顶上闪烁着蓝绿色调与红橙色调的彩色玻璃，折射着室外的阳光，斑斓的光影在大教堂内变幻，像丛林间透过繁密树叶的斑驳的影子，涂满彩釉的小细节装饰碎片，在穹顶与高塔间跳跃。他说："我的客户（上帝）并不着急。"未竣工的圣家堂被列为世界文化遗产，万众瞩目，预计2026年暨高迪逝世一百周年之际完工。

高迪的建筑融合了自然主义、现代主义、东方伊斯兰等风格，在新艺术运动的浪潮中，高迪将毕生心血与精力投放于一次次设计与构想

上：哥特式建筑

下左：圣家堂内部石柱林

下右：巴特罗公寓局部

中，在建筑中表达、感知和创造。打破古板平淡的天际线的米拉之家，将童话照进现实的奎尔公园，凝固闪烁的蓝绿色海洋巴特罗公寓，还有带羽翼头盔的路灯、圣特蕾莎学院，曾经存在于巴塞罗那街头的玻璃展橱、药房、公司楼宇等，高迪的建筑风格已经融进大街小巷，奠定着整座城市的基调，调和着她的色彩与节奏。西班牙建筑师理查德·波菲尔说：我看见他穿梭于巴塞罗那的大街小巷。在这座城市里，居住着想象的精灵……我猜想他在头脑中创造了一种奇异的宇宙观，创造了另一个世界。

风格突出且拥有标签无数的"高迪式"建筑，用波浪与扭曲创造怪诞与繁密的梦幻，是马赛克、琉璃窗与大理石的天堂，是前卫疯狂、行云流水、无拘无束的想象……

有人曾经问高迪：你心中最理想的建筑是什么？

高迪看向远处说：那棵树，就是我心中最理想的建筑模版。

2020年1月13日于巴塞罗那

工作室

作为一名美术学院雕塑系的学子，此行在马德里康普顿斯大学美术学院的访问学习中，学院雕塑系工作室给我留下了深刻印象。

康普顿斯大学美术学院雕塑系沿用了传统美术学院的工作室制度。其写实方向的传统临摹工作室，收藏有大量古希腊与罗马的石膏像，在高高的架子上、桌子上、地上高低错落地堆放在一起。在堆满石膏模具的狭小的内部空间，有一位学生正在临摹，聊天中得知原来他已经毕业了，学院工作室资源丰富，所以又想方设法来继续学习。旁边是一个狭长的数字雕塑工作室，干净简洁的桌面上一台机器正在运转，发出轻微的滋滋声。当今 3D 打印技术发展迅猛，其在雕塑中的运用也越来越广，创新了传统雕塑方式及材料，带来了新的机遇与挑战。木雕与石雕工作室规制类似，在宽敞的室内空间中排列摆放着一个个工作台，木雕工作室呈现的作品中，抽象形态研究方向的较多。石雕工作室的气氛"热火朝天"，不仅有本工作室的学生在创作，还有其他学院来"帮忙"的朋友，教授在学生名录上用速写的方式记录了每位学生的方案想法，然后游走于工作室给予同学们有针对性的指导。后得知他们仅是大学一年级的学生，由此看来工作室很注重培养学生对材料的感知能力与实际操作的动手能力，如做石雕的时候提倡用简单的雕塑工具一点点凿刻，慢慢达到预期的形体效果，尽量不使用中大型电动工具，更别说送去石雕厂了。学生们手法稚拙，但方向各异，不乏能够抓取石材肌理与细节的佳作。金属焊接工作室是熟悉的电焊味道，

从上至下：马德里康普顿斯大学美术学院雕塑系工作室

上：雕塑家阿尔伯托·贾科梅蒂的工作室，Robert Doisneau 摄，1957
下：雕塑家康斯坦丁·布朗库西工作室，Edward Steichen 摄，1925

宽大的排风管道从房顶延伸至工作台，安静地等待着来工作的学生们。随处可见的涂鸦和角落中任意摆放的作品散发着年轻的行为张力与新潮的观念宣示，与其他学院的井然有序和书盈四壁的图书馆形成鲜明的对比。

工作室是创作者迸发灵感，打磨想法，进行艺术创作的场域。作品风格、材质、类型及创作习惯的不同，使创作者对工作室的需求及态度不尽相同，如达·芬奇对工作室的态度：一个艺术家的工作室应该是占地空间小的，因为小空间才会让精神集中，而大场地则会让人分神。显然，这在门客来往不断、会客厅式工作室的毕加索身上并不适用。从雕塑家阿尔伯托·贾科梅蒂的工作室摄影图像中，可以感受到其在创作中的凝思苦修，大多数艺术家是不希望被打扰的，尤其是在进行创作的工作室空间中，抽象派画家马克·罗斯科就曾对不断的访客表达过愤懑："我年轻时艺术是一条孤独的路，没有艺廊，没有收藏家，没有评论家，也没有钱。但那却是一个黄金时期，因为我们都一无所有，反而能更肆无忌惮地追求理想。今天情况不同了，这是个累赘、蠢动、消费的年代，至于哪种情况对世界更好，我恐怕没资格评论。但我知道许多人身不由己地过着这种生活，迫切需要一方寂静的空间，让我们扎根、成长。"西班牙艺术家胡安·米罗的孙女回忆时说：平时他戴着一副面具，但当他在他的工作室时，他会脱下面具，变成野兽、魔法师、色彩魔术师。可见，艺术家的本真、自我与灵气都留在了工作室。在雕塑家康斯坦丁·布朗库西的眼中，甚至工作室自身都成为作品，他在遗嘱中将自己在巴黎工作室的作品悉数捐献出来，前提是以工作室原貌展出，后在蓬皮杜艺术中心得以实现。无独有偶，芝加哥古德曼剧院中也曾重现了马克·罗斯科的工作室。无论是达·芬奇的小空间、罗斯科的寂静空间，还是胡安·米罗的使他摘下面具的空间，抑或是布朗库西视若生命之延续的空间，可见工作室对创作者的创作状态有极大的影响意义。

　　对观者而言，一件作品的好归宿有很多，如博物馆、美术馆或公共空间，然对创作者而言，当作品陈列其中，亦作品某种意义上的"死亡"，相对而言，创作者更为珍重的，是灵感诞生与成长的过程，是在属于自己的一方天地中任文思泉涌天马行空，此方天地，即工作室。

2020年1月16日于马德里

俯瞰托莱多古城

古城托莱多

托莱多是西班牙的古城,公元前 192 年曾被罗马人占领;公元 527 年日耳曼的西哥特人在此定都,渐信仰基督教;公元 711 年,被信奉伊斯兰教的摩尔人攻陷,基督教、伊斯兰教与犹太教在此和睦共处;后来,西班牙以托莱多为都城约有五个世纪之久,源远流长的托莱多古城,拥有基督教、犹太教、伊斯兰教的精神遗产及古罗马大量的城邦陈迹遗址。

大半个托莱多被塔霍河环绕着,是一座位于大平原小山丘上的古堡城。古罗马供水渠与石砖地保留至今,比萨格拉门上塞万提斯的题词至今为人津津乐道:"西班牙之荣耀,西班牙城市之光。"不经意间就穿过了高大宏伟的阿拉伯风格建筑太阳门,古色古香的托莱多让人愿

上：太阳门

下：《托莱多风景》，埃尔·格列柯，1608

意相信："历史孕育了真理，它能和时间抗衡，把遗闻旧事保藏下来。"托莱多大教堂原为一座清真寺，哥特式的中央走道、巴洛克风格的祭坛等散发着浑厚繁复的中世纪风貌特征。传统的金银丝镶嵌工艺是托莱多的特色，街边精致考究的金属制品小店不时吸引着人们的目光。随着海拔慢慢升高，视野渐渐开阔，深入古城内部，俯瞰城堡全景，时而侠义豪情，时而触发不切实际的想象，拾级而上，仿佛于几个世纪间穿梭游历。

著名的幻想风格主义画家埃尔·格列柯在托莱多度过了他的后半生，其油画作品《托莱多风景》描绘了托莱多的古城风光，疯狂生长的野草，起伏不平的山峦，失去色彩的古堡，都在一片暗蓝色乌云密布的笼罩之中。强烈的冷白光试图冲破乌云，古堡棱角分明，大地明暗光影对比强烈，颜色简单直接，仿佛试图以最快的速度记录一份惊惶的幻想。作者并没有按照真实的托莱多风景进行描绘，而是发挥了大量的想象空间，或许托莱多历来具备给予人幻想的能力，塞万提斯笔下的堂·吉柯德才会将游侠骑士的梦幻付诸这座理想的兵刃之都，锲而不舍地"召回一个金子的时代"，这是一座现实与幻想同在的魅影之都。

站在托莱多城堡俯瞰，密密层层褪色不均的红砖建筑群星罗棋布，眼前的所有似梦一样缥缈。

2020年1月18日于马德里

上：卢浮宫展厅内部

下：萨莫色雷斯岛的胜利女神

巡艺巴黎

在海明威的《流动的盛宴》扉页，印有一句诗文："假如你有幸年轻时在巴黎待过，那么不管你一生中后来去过哪里，巴黎都与你在一起，因为巴黎是个流动的盛宴。"时光匆匆，短暂的行程中参观了卢浮宫、奥赛博物馆与蓬皮杜艺术中心，巴黎的"盛宴"于我来说是一场艺术的巡礼。

卢浮宫始建于1204年，原为法国王宫，是一座巨大的U形博物馆建筑群，1989年建筑师贝聿铭在拿破仑广场设计建造了玻璃金字塔，享誉全球。卢浮宫收藏有世界范围内的重要考古文物及大量古典绘画和雕塑作品，如公元前18世纪巴比伦的玄武岩石碑《汉谟拉比法典》，使观者能够穿越千年目睹神秘古老的楔形文字与神话记事；古希腊女神《米洛斯的维纳斯》雕像，作为美的范式传递经典；达·芬奇的《岩间圣母》在似梦境的朦胧中散发着人文之美的微光；欧仁·德拉克洛瓦《自由引导人民》中的奔放豪迈之情，经过岁月的沉积没有丝毫退减；还有弥散着中东异域风情的安格尔的《土耳其浴室》、充满人体结构与运动之美的皮埃尔·皮热的《克罗顿的米隆》、彰显顽强生命力的米开朗基罗的《垂死的奴隶》等，藏品数量众多。在《萨莫色雷斯岛的胜利女神》雕像前驻足，仿佛感受到雕像上拂过的微风；在《蒙娜丽莎》画作前观摩，似乎所有与蒙娜丽莎相关的神秘故事都消解在人物深邃的眸里了。卢浮宫藏着法兰西千年的历史，身处这座闻名遐迩的艺术殿堂，更多感受是怀着崇敬的心情对唯美的古典

从上至下：
奥赛博物馆
拉弓的赫拉克勒斯，布德尔
蓬皮杜艺术中心
本杰明·沃捷，本的杂货店

艺术的致敬与瞻仰。

19世纪中叶至20世纪中叶的一百年，法国作为世界艺术的中心，吸引了众多艺术家集聚于此。位于塞纳河左岸的奥赛博物馆，主要收藏了此时期的艺术作品。博物馆顶层对印象派及后印象派作品的集中展示深入人心，曾经在巴黎街头、酒馆、咖啡厅发生的人和事，那些"艺术的太阳只照耀巴黎的天空"的日子，都凝聚于眼前这一张张画作中，爱德华·马奈《草地上的午餐》的直言不讳、《吹笛子的少年》的天真烂漫，保罗·高更《沙滩上的两个女人》的粗野炙热，让·弗朗索瓦·米勒《拾穗者》里浓郁的心酸与质朴，还有光影律动的莫奈的《睡莲》、躁动与深邃的梵高的《自画像》、明媚轻快的皮埃尔·奥古斯特·雷诺阿的《秋千》等。奥赛博物馆还收藏有装饰主义、象征主义、学院派绘画、分离主义等绘画及雕塑作品，不愧是作为古典的卢浮宫博物馆和当代的蓬皮杜艺术中心过渡的近代艺术宝库。

蓬皮杜艺术中心建于1977年，外部钢架、管道纵横交织，超前的工业风格建筑被人称作"炼油厂"和"文化工厂"。中心设计师罗杰斯阐释其设计理念时说：我们把建筑看作同城市一样的灵活的永远变动的框架……它们应该适应人不断变化的要求，以促进丰富多样的活动。事实如此，公共图书馆、研讨会、戏剧表演、电影放映等使其空间氛围盎然、充满生机。馆藏大量抽象派、荒诞派、立体派、野兽派等现当代绘画以及雕塑作品，巴勃罗·毕加索、亨利·马蒂斯、胡安·米罗、马塞尔·杜尚、康定斯基、杰克逊·波洛克、布朗克西、贾科梅蒂等艺术家的作品均有呈现。其灵活前卫的运营方式与组织结构给巴黎的当代艺术注入新的活力。

　　于三大博物馆短暂的游历有较为深刻的感触,每件作品都隐含一个故事,每座博物馆都收藏一段历史,用艺术串联起的古代法兰西与现当代法国,是传统与当代的碰撞,是创造与隐忍的共处,是激情与痛苦的反复,是现实与梦幻的连合。

2020 年 1 月 21 日于巴黎

马德里的朝霞

艺术的天空

马德里的天空很美,晨间的浓郁朝霞、晌午的天朗气清、傍晚的残阳游丝,与古典油画中的色彩别无二致。在这片天空下,似乎可以理解浪漫的委拉斯贵支、深邃的弗朗西斯科·戈雅、欢快的胡安·米罗等西班牙艺术家们如出一辙的对自然的爱和对真善美的追索。

普拉多博物馆收藏有14—19世纪欧洲的绘画、雕塑等作品,重要藏品如委拉斯贵支的《宫娥》、耶罗尼米斯·博斯的《人间乐园》、阿尔布雷特·丢勒的《自画像》等。主馆共三层,一层主要展出文艺复兴艺术,如拉斐尔、弗朗西斯科·戈雅等,二层主要展出17—19世纪的作品,如伦勃朗、鲁本斯等。提森-博内米萨博物馆的收藏涵盖13—20世纪西方各个时期的不同风格流派的艺术作品,以现代主义流派为主,如印象派、浪漫主义、表现主义、波普艺术等。索非亚王后国家艺术中心主要收藏20世纪至今的艺术作品,来自毕加索、胡安·米罗、萨

上：远眺马德里
中：马德里康普顿斯大学图书馆
下：地铁口的公共艺术装饰

尔瓦多·达利等艺术家的作品居多,毕加索的油画作品《格尔尼卡》亦收录其中。马德里阳光充足,气候宜人,无论是气势恢宏、精美典雅的马德里王宫,亦或位于西班牙公路的零公里起点的太阳门广场,都能感受到闲适与自由的气息,而作为"艺术金三角"的普拉多博物馆、提森·博内米萨博物馆和索菲亚王后国家艺术中心是马德里连接过去与未来、自身与世界的重要纽带。

此次参加马德里康普顿斯大学访问学者项目,感谢许正龙教授与于龙玲博士的引荐,感谢皮拉尔教授与安吉尔教授的指导与帮助。在对欧洲多国的公共空间、博物馆及美术馆的参观和马德里康普顿斯大学的交流学习的过程中,对公共艺术与其和大众的关系有了更深的感触与思考,我将继续探索传统与当代、学院与大众的契合点,以创作的方式探寻自然、艺术与人文的和谐共生。

2020年1月23日于马德里

Appresso molto la libertà con cui
sono realizzate alcune opere, i vari
soggetti rappresentati rivelano una
conoscenza e sensibilità particolari
come il lavoro della giovane studentessa
che ha realizzato la tartaruga e il pesce,
ed altri lavori nati durante lo studio
e la pratica nel realizzarli.
Un augurio a tutti di buon lavoro

Pechino 22.10.2015   Emanuele Giannetti

我对一些作品……的自由性很赞叹，……一些作品的
时材料的敏感和认识很特别。比如一位年轻学生
……乌龟和鱼，用自由的感觉创作出来，和一些其他
课堂研究的作品，

祝大家学习顺利。

    北京 22/9 2015   贾耐蒂
            意大利博洛尼亚美术学院雕塑系教授

贾耐蒂先生（意大利博洛尼亚美术学院教授）寄语

第二章

重要的是状态

游弋时空

中国传统雕塑在时空上具有极大跨度,形成鲜明的地域性和独特的发展脉络。本文就内容载体、材料选择、制作手法、功能应用等几方面论述中国传统雕塑的形态语言。首先,概括基于生活、想象与摹仿基础上的包罗万象、错综呈现的人物、动物、器物的中国传统雕塑的内容载体。其次,对顺应材料特质进而创作的前提下的材料选择进行论述。再次,承顺材料选择,找到其与制作手法的关联,从雕刻、塑造、构造和其他等方面论证雕塑创作的实施与呈现。最后,在对功能运用的论述中阐述雕塑创作启示。

对中国传统雕塑的研究,可从多方面切入,本文旨在论述中国传统雕塑的形态语言。"雕塑的形态语言可以理解为:雕塑家经过综合筛选、系统设计,采用一定的加工行为,作用于具体的材料之上,创造出传达一定含义的实在形体,其创作过程中所形成的处理方式。"许正龙在《探索雕塑的形态语言》一文中对雕塑的形态语言做此阐述。

中国传统雕塑在空间意识中融入时间进程,有建立在"写真"基础上的宏大叙事,也有溶解在"赋、比、兴"中的情感与想象的传达;有"俯仰自得,游心太玄"的虚空,也有"无往不复,天地际也"的边界,其呈现有因果,需联系地、发展地进行探索。本文旨在通过对中国传统雕塑的内容载体、材料选择、制作手法、功能应用等展开分析与探讨,总结中国传统雕塑的形态语言规律,找到内在逻辑,获得雕塑创作启示。

中国传统雕塑的内容载体

中国传统雕塑的内容非常广泛,万物皆可做,通过天马行空的想象、对现实生活的观照、对外来艺术的临摹仿制等方式,大致表现为人物、动物、器物三大类。其间不乏出现在内容上融合表现的做法,如云南江川出土的战国牛虎铜案,将健壮的牛背处理成具有实用性质的案板;甘肃秦安出土的人头形器口陶瓶,将器物与人物造型组合,瓶口处理成人物的头部,雕刻精细写真;陕西西安出土的三彩骆驼载乐佣,将昂首的骆驼与欢快的乐佣综合呈现。正如黑格尔在《美学》中所说:"东方人在运用意象比譬方面特别大胆,他们常把彼此各自独立的事物结合成为错综复杂的意象。"单元素呈现抑或综合表达,都在不同侧面向我们展示了包罗万象、内容丰富的中国传统雕塑的载体。

人物

中国传统人物雕塑始于先民对自身面貌体态、身体力量的认识与再现,伴随新石器时代的到来,开始出现初民之相。甘肃临夏马家窑文化遗址出土的陶塑人像,将注意力集中在了人物的头部,生动表现了人物的面部特征,通过塑绘结合的手法,对五官及面颊的起伏进行了表现,造型古朴简练;安徽含山凌家滩遗址出土的玉人,通过雕刻的方式,运用对称、装饰纹样等,表现了一个人物的全身像,具有很强的仪式感与神秘气质。到夏商周时期,人物雕塑中传达的神秘与粗旷感更加极致,四川广汉三星堆出土的青铜人像集中体现了这一特质。

秦汉时期盛行厚葬之风,雕塑成为重要的艺术门类,作为陪葬品的俑成为不可或缺之物。不管是雄伟壮观的秦俑,还是简洁生动的汉俑,无疑成功塑造了一种中国传统人物雕塑的典型,陕西临潼秦始皇陵发现的兵马俑从葬坑拉开了中国传统雕塑艺术的序幕,而江苏泗阳西汉泗水国王陵出土的木骑马舞俑,在高度概括形体的基础上对人物进行夸张的表现,生动自然,对木质材料运用自如。

河西走廊的贯通,带来了经济、文化的交融,其中包括佛教及佛教造像,佛教造像为中国传统人像艺术融入新活力。南北朝时期的人物雕塑,一方面继承前代遗风,一方面受外来风格的影响,形成独特的石窟造像,以云冈石窟、龙门石窟、莫高窟彩塑、炳灵寺石窟和麦积山泥塑为典型。天水麦积山石窟123窟的西魏男女侍童塑像,造型圆融流畅,线刻与彩塑结合,面部塑造亲切自然;敦煌莫高窟194窟的唐代菩萨像,从高耸发髻到华丽服饰,从圆润造型到艳丽设色,都流露着大唐庄重典雅的气质,更接近一位丰腴、端庄的女性形象。

牛虎铜案,战国,云南江川

上：麦积山石窟，123 窟男女侍童，西魏，甘肃天水

下：水榭陶楼，东汉，河南三门峡

动物

原始社会时期,伴随神秘的傩神起源与图腾崇拜,雕塑以各种动物造型为主要题材。仰韶文化、石家河文化、大汶口文化等均出土动物雕塑,类型有鸮、象、狗、猴、鹰、龟、蛙等。新石器时代与夏商周时期的动物雕塑在装饰性与实用性结合的特点上,有异曲同工之妙。江苏吴江出土的良渚文化水鸟形陶壶,对水鸟头部进行了细致的刻画,其余部分做夸张处理,适应壶形,造型巧妙自然;河南安阳妇好墓出土的商鸮尊,将鸮身与器型做了结合,两脚一尾做三足支撑,纤细稳固,匠心独具。

自秦始皇统一六国成为始皇帝起,历朝历代都延续着秦汉时期大兴陵墓的遗风,陵墓动物雕塑主要以地面石刻与地下陶塑两种形式出现。秦始皇陵出土的陶马几乎与真马同等大小,屏息凝神,蓄势待发,真实再现了千军万马的宏伟气势;茂陵霍去病墓石雕,本高低错落地置于祁连山形状的墓冢之上,现分列于茂陵东、西石刻长廊,有立马、卧马、卧象、石鱼、野猪、伏虎、蟾、熊等,造法自然;乾陵章怀太子李贤墓出土的镇墓兽,在创作者想象的基础上塑造,带有神秘的宗教与神话色彩,同时具有很强的震慑力。

器物

伴随人类早期劳动过程中工具的演进,石器出现了,器物可反哺人类思维、审美及创造力。《周礼·考工记》记载:"智者创物,巧者述之,守之世,谓之工。"在长期的实践中,出现了磨制石器、陶器甚至装饰品,这些原始先民造物在遥远的时空中点燃了雕塑艺术的微光。

原始器物雕塑类型多样,有投掷器、锥、叉、铲、刀、棒、镰和各种装饰品等;新石器时代开始出现大量彩陶质地的罐、碗、盆、壶、盂、瓶、杯和大容器器皿等,特别是浙江余姚河姆渡新石器遗址出土的猪纹陶钵,圆口宽底,外壁绘有纹样装饰,器型影响持续至今。夏商周时期较为完备的青铜冶炼技术直接推动了器物雕塑的发展,主要有青铜酒器、食器、水器、乐器、兵器、车器等,特别是河南偃师二里头文化遗址出土的青铜爵,整体造型纤细,器壁单薄,展现了较高的工艺水平。

技术的进步和材料的变化会影响与促进器物雕塑的发展,随着科技进步,器物雕塑不断达到新水平。河南三门峡出土的东汉水榭陶楼,不仅发展了铅釉陶工艺,并且丰富了器物雕塑的类型;陕西扶风法门寺出土的唐代秘色瓷碗,是宫廷献佛供养的精美青瓷,从器型到工艺,体现着唐代的创新精神;江苏常州出土的南宋朱漆戗金人物花卉纹奁,通过上漆、刻纹、再上漆,最后施以金粉方才完成,工艺性极高。

霍去病墓,西汉,陕西兴平

中国传统雕塑的材料选择

雕塑作为客观实在的物而存在,中国传统雕塑创作的材料选择直接受地域自然环境的影响,中国地处亚洲东部,大部分属温带大陆性气候与季风气候,地质地貌结构复杂,对材料的选择在不同的地区差异较大,主要有陶瓷、泥土、石材、金属、木等。旧石器时代已出现了将石器和木棒结合起来的投掷器,麦积山石窟以其石胎泥塑造像最为闻名,这些都体现着中国传统雕塑对材料的综合运用,顺应材料特质,进而创作。蒋勋在《美的沉思》(湖南美术出版社,2014 年)中道:"人类潜能的开发,到了极致,是去发现和发展每一种'物质之性'。把泥土的特性发挥到极致,产生了砖瓦陶瓷;把木材的特性发展到极致,产生了梁栋舟船。这种'尽物之性',即是'创造',是'天地之化育'以外,唯一可以与天地动力并列的第三种创造力。"

土

几乎所有的文明,对美的探寻都是从泥土与岩石开始的,因为泥土是自然界中最常见、最易获取的材料之一。中国传统雕塑泥塑以麦积山石窟造像最为典型,麦积山石窟造像多为泥塑或石胎泥塑,被誉为"东方雕塑陈列馆"。

伴随佛教文化的传入,佛教石窟造像体系也传入中国。最早的泥塑佛像出现在犍陀罗的呾叉始罗,这是灰泥塑造艺术的发源地,通过长期流传,佛教造像与本民族文化相互融合与碰撞,麦积山石窟泥塑造像展现出了独特的、高水准的、连续性强的泥塑造像风貌。麦积山石窟始建于后秦,在北魏、西魏、北周分别有所发展,后经唐、五代,一直到清朝,都有不断地开凿扩建与重修。泥塑造像在内容上表现丰富,佛、弟子、菩萨、天王、力士、供养人等均有表现。造像者们通过临摹、想象与创作,造就了中国传统泥塑艺术的巅峰。

土在未烧时以彩塑的形式出现,经过烧灼的土以陶呈现,后又生化出瓷。陶瓷是中国传统雕塑艺术中运用最早的材料之一,《易·系辞传》记载:"安土敦乎仁,故能爱。"当先民安守一片土地,便开始衍生浑圆厚重之美的彩陶文化了。中国传统陶瓷雕塑具有跨越时间长、地域分布广、表达内容丰富、功能应用多面、工艺不断发展的特点。

从大量出土于仰韶文化与龙山文化时期不同类型的彩陶器,到德化窑瓷塑与石湾陶塑的宗教形象,在时间上材料运用跨越的年代长久;从辽宁喀左的陶塑女神像,到甘肃秦安的人头形器口陶瓶,在空间上材料分布的地域广;从实用器具的陶碗,到装饰风格浓郁的陶马,在表现内容上丰富多样;从西晋墓室出土的盘口壶冥器,到北宋政和年间开设的官窑专烧宫廷用瓷,在功能应用上辐射全面;从对天然红土简单烧制成型,到采用二次烧成法的低温铅釉唐三彩,在工艺上不断发展。

石

中国传统石材雕塑主要表现在陵墓雕塑与府邸建筑的浮雕中。在对石材的处理上,从埃及法老像到希腊神像,从犍陀罗佛造像到中世纪教堂，从米开朗基罗的《大卫》到罗丹的《加莱义民》，无不对石材本身的体积、重量等物理因素有所强化与表达，但在中国，形成独树一帜的砖石雕刻艺术，就像蒋勋在《美的沉思》（湖南美术出版社，2014 年）中论述的："在中国，石材常常以它本原的面貌出现，是璧或琮那样简单的造型，是云冈石雕中那菩萨面容淡到几乎没有太多刻痕的微笑，使我们误以为那是从石头中长出来的人体和五官，是一种超乎物质存在以外的精神表情。"石雕以一种天然的、不假雕饰的面貌呈现，创作者们以一种近似绘画的雕刻方式对石材进行加工，融入中国传统美学与思辨，使石材具有柔美、律动、自然的形态，取材自然，终回归自然。

石雕以西汉霍去病墓石刻群最为典型，在造型、材质、布局、意蕴等方面给我们带来视觉上的震撼。马踏匈奴被认为是霍去病墓的主体雕刻，具有纪念碑性质。史料《后汉书·马援传》记载："马者，甲兵之国，国之大用。"充分肯定了马在汉朝的重要性。雕刻者用极其概括的线条和体块刻画出了战马的强健有力、气宇轩昂，突出了一种坚不可摧的抗衡力量。霍去病墓石刻群在布局上对后代陵墓也产生了深远的影响，如唐陵、宋陵、清陵都会在陵墓的甬道上放置石像，多以大型石人、石兽的形式呈现，以凸显皇陵神圣不可侵犯的威严。

铜

中国传统雕塑的呈现都需借由具体的物质材料载体，因此，材料发展和技术革新会影响雕塑的发展，随着科技的进步，金属雕塑不断

上：麦积山，147 窟主佛像，北魏，甘肃天水
下：唐白釉太监头，唐,陕西咸阳

涌现新风貌。

夏商周时期的青铜雕塑伴随青铜冶炼技术应运而生,出现大量的青铜器造型,秦汉时期发展出了金银制品,如秦始皇陵出土的彩绘铜车马,以真实车马二分之一的比例打造,造型严谨,通体彩绘,局部绘有纹样,部分装饰使用金银制作,技艺精湛,被誉为"青铜之冠";西汉出土的鎏金银铜壶,通体鎏金并镶嵌琉璃,华美异常。至隋唐,技艺更加精湛,以金银器和铜镜最为典型。明清发展了掐丝珐琅的技艺,多用于制作礼器、实用品及装饰,特别是清代掐丝珐琅瑞兽,轮廓富有张力,图案繁复华美。

木

木在中国传统文化生活中应用广泛,涵盖建筑、绘画、家具等诸多领域,中国传统雕塑木雕适应木的柔性特质,与其他艺术门类、人们的日常生活和情感思想相互融合,进而呈现。

历经两千余年的汉代木雕至今仍栩栩如生,展现了古人对木材的高超运用和表现。武威市磨嘴子汉墓出土的木独角兽,整体造型简练,概括力强,身躯平直,方圆结合,富有动感,兽角强化了兽身的趋势,增强了攻击和指向性,同时与兽尾呼应,形成极强的架构感,四足撑地点错落有致,实现了对空间最大程度的占据,坚实稳定,同时对面部、足跟等有细节的刻画,生动形象。明清时期出现大量作为装饰的木雕,如清代的潮州木雕,刻画精细,同时具有实用与观赏功能。《历代名画记》记载:"遂既巧思,又善铸佛像及雕刻,曾造无量(寿)佛像，高丈六，并（胁侍）菩萨，遽以古制朴拙，至于开敬，不足动心。乃潜坐帷中，密听众论。所听褒贬，辄加详研，积思三年，刻像乃成。"记录了最早的中国佛像造像人之一戴逵的事迹。戴逵还把脱胎漆器的工艺技术运用到雕塑中，增加了雕塑对工艺运用的广度及对材料运用的精度。

上：马踏匈奴，西汉，陕西兴平
中：秦始皇陵铜车马，秦代，陕西西安
下：墨绘木马，汉代，甘肃兰州

中国传统雕塑的制作手法

雕塑制作手法的合理运用离不开对材料特质的把控,经过长期实践,中国传统雕塑的制作手法在对材料认知的基础上得到了极大程度的发挥,傅天仇在《移情的艺术——中国雕塑初探》中说到:"生活是源泉,但我国传统的造型艺术并不是生活的翻版,中国古代雕刻非常重视造型的概括和典型。"融合"道法自然"与"天人合一"的思想,运用"应物象形"的艺术理念,讲求"气韵生动""以形写神"的中国美学原则,通过雕刻、塑造、构造等诸多手法,创造出了无数形体、意味相融的佳作。

雕刻

雕刻手法主要运用于砖、石、木的表现中,一般表现为圆雕、浮雕和透雕三种形式,通过简练、夸张、对比等手法,辅助以线刻表达,游走于形与神、写实与写意的和谐状态里。

在一方方小小的秦汉瓦当上,雕刻有图案精美、内容丰富的纹样,不仅体现了古代中国的原始信仰,也展现了高超的砖石雕刻技术;四川成都后蜀石棺床伎乐浮雕,刻画细腻自然,面部及手部的刻画生动概括、神形兼备;现藏于陕西西安碑林博物馆的唐代断臂菩萨像,通体由一整块汉白玉雕刻而成,线条流动,形体饱满,引人遐思,被誉为"东方维纳斯"。由于建筑艺术及北朝和隋唐时期石雕、泥塑等过于发达,掩盖了木雕的光芒,事实上建筑木雕一直伴随建筑的发展呈

拉稍寺石窟,初建于北周,甘肃天水

现,北朝及唐宋时期也有大量雕刻精美的木雕造像。

塑造

塑造是中国传统雕塑创作中最为常见的手法之一,一般用于泥塑制作。使用灰泥塑造较大的泥塑时,会使用大块的土坯,在泥中加入麦秸秆、麻和棉花等植物纤维,以增强其韧性,通过捏、贴、压、刻、削等方式成型,遵循"随类赋彩"的原则,一般会施以彩绘绘塑结合。

位于陕西西安的六朝名刹水陆庵,以其大型彩色连环壁塑闻名,被誉为"中国的第二个敦煌"。水陆庵壁塑以圆雕与浮雕相结合的方式、连环画的形式呈现,使用塑造、镂刻、彩绘等综合技法,在内容上以佛教为主,也有儒释道三教合一思想的表现,其价值不止体现在雕塑上,也可作为建筑文化、民俗民情等方面具有研究价值的史料。在云冈、敦煌、麦积山有大量的泥塑造像,李泽厚在《美的历程》中论述:"北魏的雕塑,从云冈早期的威严庄重到龙门、敦煌,特别是麦积山成熟期的秀骨清相、长脸细颈、衣褶繁复而飘动,那种神情奕奕、飘逸自得,似乎去尽人间烟火气的风度,形成了中国雕塑艺术的理想美的高峰。"泥塑做为一种思想与信仰的凝结,在北魏时期成为美的集中体现,在中国的文化长河中造就了一座雕塑艺术的高峰。

构造

构造在中国传统雕塑中也时有应用,主要体现在内部结构和外部形态两方面。例如在泥塑的制作中,一些小型壁塑会使用模制技术,在制作较大的雕像时会使用木质骨架或方形铁条作为支撑;秦汉时期的陶俑,通过构造的方式完成一个单体塑像,例如头部、四肢与身体的拼接,再将单体塑像排布组合,与空间结合,形成气势恢宏的景象。

唐代在最传统的金属雕刻艺术錾刻的基础上有了新的突破,结合抛光、焊接、镂空等,器物处理的工艺与艺术水平俱佳,对金银器的表现历朝历代不能与之比拟;麦积山石窟126窟造像,将竹片嵌入泥塑佛手的末端,达到生动逼真的视觉效果,将琉璃嵌入佛或菩萨的眼部作为"睛目",使眼睛看起来活灵活现,起到画龙点睛的作用。

断臂菩萨像,唐,陕西西安

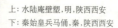

上：水陆庵壁塑，明，陕西西安
下：秦始皇兵马俑，秦，陕西西安

中国传统雕塑的功能应用

使用功能的开发及拓展，一直是中国传统雕塑不断发展的重要因素。许正龙在《雕塑概论》中写道：传递远古的气息，凝聚文明的精髓，"雕塑"悠然前行。图腾崇拜、宗教祭祀、歌功颂德、器具改造、环境美化等，它在其间担当角色。直到今天，雕塑功能应用的不断拓展也在催生新的雕塑作品及形式。中国传统雕塑作品主要在陵墓、石窟、寺庙和民间，功能应用主要体现其纪念性、永恒性、装饰性、观赏性、实用性及其他等方面。现藏于西安碑林博物馆的唐代天王像，造型浑厚，天王的铠甲、环扣、玉带、裙摆、尖头靴等雕刻精美、律动感强，在传达纪念性及永恒性诉求的同时极尽装饰意味。

纪念性

中国传统雕塑的纪念性及永恒性集中体现在陵墓雕塑及宗教雕塑中，其中陵墓雕塑主要有地上石雕与地下随葬品，宗教雕塑主要包含石窟与寺庙造像。

司马迁《史记·秦始皇本纪》记载："（秦始皇）及并天下，天下徒送诣七十余万人，穿三泉，下铜而致椁，宫观百官奇器珍怪徒臧满之……"以秦始皇陵为例，中国古代陵墓雕塑气势宏伟，随葬雕塑造像形象写真，具有极强的纪念性与永恒性特征。唐太宗陵墓昭陵六骏石雕，分列昭陵北阙前，是唐太宗为纪念跟随自己征战沙场的六匹战马而塑，六骏有动有静、姿态各异，雕刻者对轮廓的处理自然，在大的体

上：昭陵六骏之特勤骠，唐，陕西西安
下：天王像，唐，陕西西安

面关系中不乏细节的处理,张弛有度,微妙的起伏转折中突出了骏马的矫健与活力。

中国传统宗教雕塑以佛教雕塑见长,集中体现在石窟及寺庙中。佛造像以一种浑厚的、有力量感的、巨大的、神秘的形式在中国拔地而起,造就了独特的中国传统宗教雕塑风格。公元前 1 世纪,佛教传入我国,从北凉的天梯山石窟开始,历朝历代都进行着石窟寺的开凿。随着时间的累积与朝代的更迭,佛教造像风格不断转变,"在宗教雕塑里,随着时代和社会的变易,有各种不同的审美标准和美的理想"(《美的历程》)。北朝的佛教造像带着初始的神性光芒,而在北魏、西魏、北周则分别有各自的风格,大抵表现为北魏的清逸神韵、西魏的纯洁宽厚、北周的繁缛浑圆。隋唐淋漓尽致地展现了世俗的欢愉与畅想,宋则走入了现实世界。赵声良在《敦煌艺术十讲》道:"千百年以前,中国的艺术家们就通过这些散发着泥土气息的彩塑,表现出如此精美而感人的艺术形象,直到今天仍然散发着独特的魅力。"

装饰性

中国传统雕塑的呈现基于一定的形式语言,形式本身即透露美学诉求,当美作为一种追求出现的时候,离不开装饰性与观赏性。一方面受到中国人文主体绘画艺术的影响,另一方面随着技艺的革新、功能的强化,人们对雕塑本身的装饰及观赏性不断有更高的要求。

作为建筑的装饰而出现的浮雕起源甚早,在殿堂、桥梁等诸多方面多有运用。顾森在《中国传统雕塑》中定义:"观赏雕塑是中国传

上：龙纹砖，五代，甘肃敦煌
下：长信宫灯，西汉，河北保定

统雕塑中少有的不以实用功能为首要追求的一种雕塑,主要包括观瞻和赏玩两大类。"于金、明年间修建的卢沟桥,桥上立有281根石望柱,每根柱上都雕有形态各异的石狮,基本展现了自金代以来几百年间的石狮演变过程。中国传统雕塑在泥塑造像的世俗化过程中,在对制瓷工艺的精进过程中,在对金属材料的制作利用中,都不约而同地体现着装饰性及观赏性加强的特征。

实用性

实用性看似是雕塑艺术不重要的属性,但绝大数情况下却是中国传统雕塑的必要属性,如今我们看到的很多优秀的中国传统雕塑作品,更多的是从艺术、考古等方面去评判其价值,尤其当一件文物摆进博物馆的时候,便彻底失去了实用功能,但当创造者做出这些传世作品的时候,很多情况下是离不开实用性这一价值的。河北满城中山靖王墓出土的西汉长信宫灯,将跪坐的宫女形象与宫灯做了巧妙的结合,跪坐的宫女左手执灯,右手提灯罩,同时作为吸烟管道,以防止油烟对室内空气的污染,灯罩为两片弧形铜片,可自由开合,调节照明强度,极具实用价值。

明清两代的嘉定竹派木雕,多文房清玩,多用于装饰、宗教及实用。明代竹派木雕朱鹤的松鹤图竹雕笔筒,刻工精湛,风格清雅古朴,现已不强调其实用功能,更多的是探寻工艺及审美价值。山东青州龙兴寺、四川成都万佛寺、河南洛阳白马寺等,都塑有大量佛教造像,有些佛像形体不大,眉目传神,面目清秀,雕塑本身承载善男信女发愿祈福的功用，如今观摩的人们多是参观游历或探寻历史文化。作为中国传统文化的一部分，中国传统雕塑作为客观物质载体呈现并存留，对探寻历史文化具有较高的研究价值。

对中国传统雕塑的形态语言探究，到这里就告一段落。如此概括的论述、走马式的观看，很难针对其中某一方面进行详细的分析，只能获得一个笼统的印象，中国传统雕塑的形态语言范围之广，让人怀疑是否应做这样简单的论述总结。

中国传统雕塑的内容载体异常丰富，是否有超越了生活、想象及摹仿范畴的灵感来源，是否与客观社会条件一定存在某种关联，是否能用器物、动物、人物这样的划分对内容载体进行整体性的描述，都有待追问。但笔者不是对艺术内容做简单化处理，而是寻求一种分门别类的研究方法，对材料选择的分类也基于此。艺术发生的现象好说明，艺术发展的规律难概括。中国传统雕塑大多数情况下不以经济基础、文化交流为必要条件，甚至材料的局限和工艺的拙劣都不能影响其成为传世佳作，所以对基于材料选择上的制作方法，旨在探究一些具体门径，探求内在规律，为当代雕塑创作寻找一些可借鉴的蛛丝马迹。恰如孙振华在《雕塑空间》中所说："母体文化对雕塑家的巨大吸引力，证明了文化传承的力量，在外来文化的冲击下，中国自身的传统文化并没有丧失它的自身魅力，从中国传统艺术中获取资源也是雕塑家们形式创造的一个重要方面。"

这些古迹斑斑、尘封千年的传统雕塑，为什么一直到今天仍然给我们的内心带来极大震撼与感动呢？当我们带着现世的生活经验去观看这些雕塑的时候，是否在情理结构中与创作者有一丝审美心理上的互通呢？秦兵马俑重见天日，是否知晓桑田变换？沉睡千年的西魏主佛再次俯瞰众生，是否心意如初？坐在唐三彩骆驼上的乐俑，是如何寻得了永生欢快的秘诀？中国传统雕塑的纪念性与永恒性、装饰性与观赏性、实用性及其它动因及语义何在？尽管是气宇轩昂的镇墓兽、动人心魄的金刚力士、流光溢彩的唐三彩，都不能代替今天的雕塑艺术，每个时代都应有自己的新作，对中国传统雕塑的形态语言探究旨在一些可观、可想的方面得到某种借鉴、继承与发展的途径。

中国传统雕塑的形态语言在内容载体、材料选择、制作手法及功能应用等方面都有巨大成果，对这些成果的总结与窥探，定会产生后续的连锁效应，正如许正龙在《雕塑概论》中所述："面对雕塑艺术，犹如遥望浩瀚星空，每时每刻抬头凝望，都会有新的发现。"

能够游弋其中，获得启示，便不会毫无意义，因为，雕塑的形态语言是不断引导当下而面向未来的。

己亥盛夏于清华园

田园温度

传统农具与纤维材料都易触发人们内心的温情，《田园温度》系列作品旨在使观者感受到亲和力，重拾农耕文明背景下人们直接、纯粹的对大地的热爱和感激之情，直面人类对大地资源的汲取与对大自然的依赖，释放心中对自然的感怀和对渐渐逝去的生活方式的追忆，旨在使观者重拾初心，达到以物传情。

特定物体寄托人物情感，一草一木，一砖一石，都沁染着人们的哀乐甚至历史的进程。农耕文明背景下的传统农具承载历史变迁，如今成为我们追忆农业文明的精神寄托。传统木制农具所具有的功能发生了转变，人们寄托在传统木制农具上的情感亦发生了变化。纤维材料的肌理，色彩美感与视觉张力有着独特的审美感受，可通过多种塑造手法实现对空间的占领，用于雕塑创作。

田园温度,木、纤维,尺寸可变,2016

田园温度——耕，木、纤维，尺寸可变，2016

耕耘前后的"大地"肌理对比用以象征辛勤的劳动成果，一分耕耘一分收获，也象征着编织耕耘美好想象与未来的愿景，用一种温暖、柔和的方式表达人类文明的演进。

田园温度——辘,木、纤维, 200cm×200cm×250cm, 2016

辘轳用于取水灌溉,体现人们对地下水资源的探寻与索取,纤维钩织由井绳蔓延至井水,井绳由浅棕渐变至深棕,在接近地面时由深棕过度到深蓝,井水呈圆形向四周蔓延中颜色由深蓝渐变至浅蓝,引发观者对自然资源浪费与保护的深思,追忆农业文明背景下人们的生活状态。

田园温度——蒸，木、纤维，尺寸可变，2016
通过对小笼包的制作材料与所处场景的置换实现其价值的转变。小笼包本是
补充人体力所需的物质食粮，当其材料发生转变，原本所具有的功能与价值
随即消失，同时产生了新的语义，即提升人审美与艺术修养的精神食粮。通
过对材料与语境的转换，让生活中常见的食物以审美价值获取重生。

阿房宫

阿房宫，火柴，30cm×60cm×90cm，2013

韶华倾负、夜月乌江
阿房宫冷、铜雀台荒
世事茫茫、得失难量
繁花落尽、永驻心疆

亘古

亘古，搪瓷、钢筋，40cm×90cm×120cm，2015

自古至今，意识形态、生存环境、艺术语言等发生着不断变化，也有些东西
是不变的。那些相对不变的，可以照见过去，照见远古的生活，照见曾经的
艺术理想。

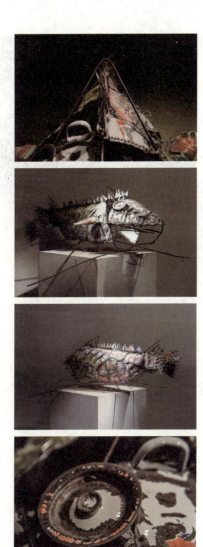

岩 · 化

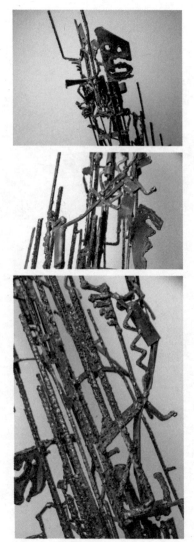

岩·化，金属焊接，30cm×60cm×100cm，2015

洞穴岩画被赋予了深邃的色彩，是人类实践经
验、情感表达、文化交流发展的延续，其留
下的痕迹给人带来悠远、神秘、韧性之联想。

连线题

连线题，书籍，30cm×30cm×10cm，2015

打破书籍常有的形式材料，增加书的维度。纤维材料使手工
书有了温度，线装方式旨在唤起人们对原始书籍制作的记忆。

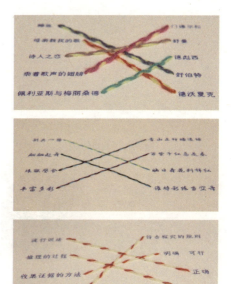

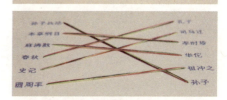

过冬

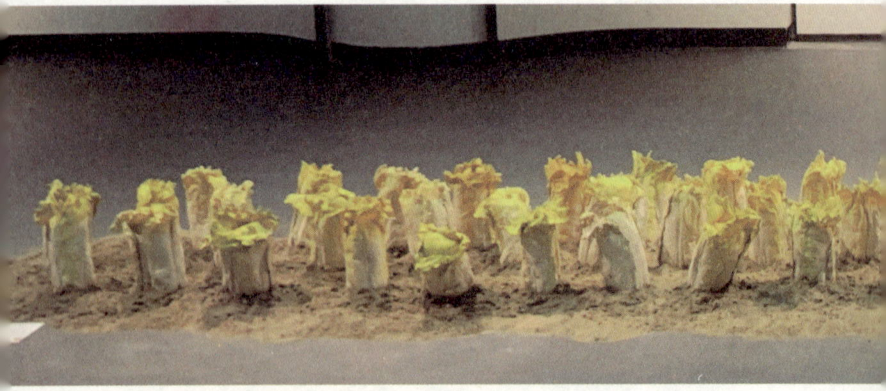

过冬，白坯布、染料，尺寸可变，2019

结合创新性实践，运用绗绣工艺，通过缝缀填充等方式，将白坯布织成田园风物——白菜，用温情与诗意的架构呈现，可视、可触、可感的传递，带给观者遐想、追忆与思考的空间。用一种朴素、平凡的表达方式，借田园印象，追忆故土。

聚

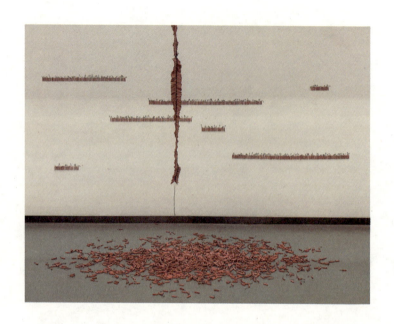

聚，白坯布、染料，尺寸可变，2019

通过缝缀、构造等手法探寻表达方式，通过纤维材料重构中国春节特有的爆
竹，使观者有所触动，勾起人们内心对过年、欢聚、喜乐等画面的温存记忆。

结·秆

结·秆,塑料、高粱秸秆,尺寸可变,2020

作品构想从一个手工模式开始,来源于 20 世纪 80 年代末、90 年代初中国北方农村一种手工门帘的制作方式,这不仅形成了固定行为方式,也为作品的构造关系、尺度与复杂性的配置提供了几乎无限可能的空间。在每一片塑料折叠的中端是一段垂直切割的秸秆,构成对称起伏扇面与单一精细线条的矩阵,同时拥有无数的配置、肌理与细节的组合。

门帘用于隔断空间,现下"新型冠状病毒"疫情肆虐,用于阻隔的材质亦有塑料,此背景下无自然物介入的隔离在观感上有云泥之别,两种介质在互相咬合的相互作用中生成一种独特的审美体验,时间的推移,距离的阻隔;现实与想象、未来与过去;繁与简、方与圆,材料的并置引发视觉的串联,同时带来丰富的文化记忆联想与创作行为参考。

出于对自然界物质结构的兴趣,作品成为序列、模式、系统、随机与基因突变的综合抽象载体。这些抽象来自于一组被定义的行为参数,其发生基于一系列记忆、眼下与幻想的混合媒介,探索不同材质相互作用下的临界与衔接,借以强烈的形式效果,挑战现实与虚拟空间感知。

处处都是工作室

疫情开始的时候，我刚刚结束在西班牙的访学，回国后的第二天北京便封城了，本以为"应该不会影响到开学吧"。如今，毕业班同学们最担心的问题早已不是"能不能好好开学"，而是"能不能好好毕业"了。

美院毕业生的毕业创作和设计一般都需要良好、完备的工作室环境和基础设备，这是做好毕业设计的必要条件。服装艺术设计系的缝制机器工房、雕塑系的金属焊接和木雕工作室、玻璃艺术设计系用来烧制作品的窑炉设备等都很专业，想象中毕业生们很难在家里实现创作条件。我尝试着和很多拟毕业生进行了交流，想了解一些毕业生们的创作状态，其中"风风火火"在家做毕业设计的同学，给我留下了极为深刻的印象。

从书房到工作间，只需一台刺绣机

工艺美术系纤维专业的潘欣玥同学将家中的书房改成临时工作间，往日书香满满的阅读间摇身变成小型刺绣工坊。安稳清静的书房迎来了它热闹欢腾的访客，五颜六色的刺绣丝线占据并编织着曾属于书籍的小天地。

潘欣玥在网上买了一台家用刺绣机，由于机器太小没有办法做大体量的作品，只能将作品分区域地固定在绣框上，一点一点拼凑着做

潘欣玥改造的临时工作间及作品局部图

作品。她说:"我以前也没有用过刺绣机,所以和机器磨合的期间带来了很多困难,最开始由于不会操作机器,经常出问题,我只能通过和网上的卖家请教,然后自己修理机器,我将这台机器拆开又组装了很多次,有时感觉自己像一个机器修理师。"不过,最终潘欣玥还是把这台刺绣机研究透彻了,可以顺利制作作品了。

潘欣玥的毕业设计是与人有关的,人与人之间的关系如同线一样,脆弱易断,但是交织在一起又能产生巨大的张力,不易被破坏。带着这种想法,她选择了用刺绣的方式作为毕业设计的表现形式。原本打算以镂空刺绣为基础做一个大型的装置作品,但受限于工作环境,她及时改变了策略。潘欣玥以她的朋友和家人为塑造对象,因为见不到大家,只能通过回忆和照片创作。她说:"在隔离期间,带着对同学们的思念做着这件作品,某种意义上也让我重新安静思考人与人之间的依赖关系和若有若无的联系。我想念学校生活,也借此机会回忆我大学四年的时光,纪念我的朋友们。"

山上山下，寻觅童年幻想

雕塑系朱璞乾同学的毕业创作灵感源于童年时的记忆,他认为当代艺术创作的展览空间不再只是展示物理空间,也包括场地、观众、历史因素等。场域的构建与思想观念的传达紧密联系,创造作品的景观与选择特定的空间是进行创作时的必要思考。特殊的疫期"隔离",让他不能按时返回校园,但他也因此更加贴近了家乡。远离了校园却寻回了童年,在家乡的日子里,朱璞乾同学的童年幻想被放大着从脑海中调出来了,他找回了童年时在大自然中那些微小的事物里凝视注目,进而在脑海中衍生出一个幻想世界的记忆,他喜欢并怀念这种感受,所以运用了石、木头等传统材料,用雕刻的创作方法对材料反复磨合,想要传达一种朴素、有趣的气息。

朱璞乾在家中就地取材,和父亲一起在山中采集石头、木头,采集工作从冬末持续到了初春,山中景象从一片荒芜寒冷慢慢地到万物复苏出现色彩,朱璞乾的心境似乎随着气候和大地的节奏一样,变得越来越富有生机。他将自己家中的一间杂物间打造成临时工作室,非常契合、有条不紊地开展着毕业创作的制作。

朱璞乾在山上寻找创作材料,搭建临时工作室,作品效果图

顺势跨界，视传服设两不误

染织服装艺术设计系的马莎莎同学，通过与视觉传达设计系的张瑞琪同学合作的方式进行了毕业设计的制作。特殊的环境条件及大背景下，"隔离"在家的状态，让她产生了通过 3D 建模的方式来实现毕业设计的主意，她的这一想法与好友张瑞琪不谋而合，于是她们在线上进行了场景搭建和服装设计相结合的综合效果展示视频的制作。马莎莎说："紧身胸衣，这个名义上象征身体解放并且一直作为女性性感标志的女装样式，绑架了欧洲女性几个世纪，在心理和生理上带给女性不同程度的痛苦。网络作为当代一种主流的事物，在提供方便的同时也给女性带来了更多来自虚拟网络的压力。"同时扮演社会和家庭双重角色的现代女性，她们的压力更加沉重。她的毕业设计以女性为塑造对象，就女性的社会压力而展开设计，利用紧身胸衣的视觉和结构要素，重塑当代女性形象，在作品中表现一种女性身体得到绝对自由的同时也拥有性感的特征。

马莎莎说："现在 3D 建模的技术相当完善了，与实物相比，设计理念在最终的视觉效果上应该不会打折扣，并且与张瑞琪同学的合作让我对跨界设计有了一点小尝试，我相信最后应该会比较好地呈现我的设计想法和效果。"目前，她一边利用电脑制图技术进行创作，一边与张瑞琪进行沟通，不断在新领域中尝试与突破，为毕业设计的完美展现做着努力。据了解，马莎莎同时也在着手实物的设计与制作。

马莎莎毕业设计效果图

居家创作，无缝连接的生活与艺术

国画系陈博贤同学的毕业创作《山水的相位》也是在家中进行的。他结合了自己近两年对于山水画精神的思考，通过对未来城市废墟景观的想象对人与自然的关系进行了探讨实践。陈博贤说："这是酝酿许久的一个系列，作品本来拟定延续我第十三届全国美展的参展作品《游山不知年》的手法，材料都准备好了，可刚好遇上这次疫情，原定材料不便在家使用，不得不调整计划。"陈博贤的家中没有专业或合适的国画绘制工具，所以他买来木板和铁皮，找朋友一起帮忙制作了磁铁画板，并网购了许多画材，在家中支起了临时工作室。

陈博贤的毕业创作

陈博贤此次创作的题材是之前没有表现过的,因此在材料的使用上也遇到了许多问题。在其导师陈辉教授的指导下,他利用家中的酒精、肥皂等生活用品进行水墨实验。目前,陈博贤设想的毕业创作最终作品由五张四尺宣纸组成,总长 3.5 米,家里的空间不能满足作品整体的摆放,创作时他每次摆放三张,依次循环,移动进行绘制。陈博贤说:"前前后后我共绘制了 25 张,从中选出了 5 张准备最后在毕业展上展出。尽管作品依然有许多不完善的地方,但这一过程是对自己很好的锻炼。"

疫情肆虐,不能回到园子里学习,不能与老师和同学们直观地沟通、表达,但同学们正在通过各种改变和突破解决实际创作的困难,无论是潘欣玥同学的改造工作间、修理刺绣机,还是朱璞乾同学的寻找儿时记忆、重构童真幻想,或是马莎莎同学的转变创作思路、摸索新领域,亦是陈博贤同学调整创作计划、解锁新技能,都给我们带来新鲜与惊喜。同学们努力适应当前的居家创作环境,尽量保持着良好的创作状态,还有更多的同学就地取材式地、奇思妙想式地、全家动员式地进行着毕业创作和设计的制作,可以说是"迫不得已家中隔,风风火火做毕设"了。

突如其来的变化让我们每个人都体验着一种全新的、特殊的学习与生活状态,在了解了很多毕业生的创作状态后,由衷感慨:处处都是工作室!此次因疫情而各自居家"隔离"的毕业生们的创作状态,使我更加深切地体会到了何为无论何时何地何种境遇都要保有一颗炙热的心和一份饱满的创作状态。

世间百态,瞬息万变,唯愿在不安的外界声音中找到自己的频率,平和应对,不弃创作状态,不忘艺术初心。

庚子春于易县家中

与子同袍，柴鑫萌，综合材料，5cm×10cm×15cm，2020 疫期作品

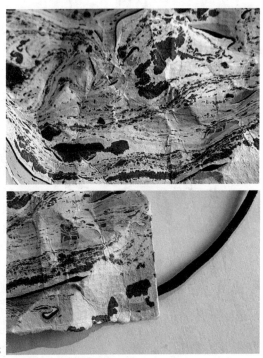

局部

常向秋山尋妙語

疏影橫斜知文章

寄語鑫光

宋偉光於庚子季夏
於京師

宋伟光先生（《中国雕塑》执行主编）寄语

第三章

感知而不定名

无界

艺术无界,关键艺术打破边界,沟通产生友谊,融为一体。

2018 年 4 月 21 日 前奏

　　伴着隆隆声,飞机缓缓滑行,窗外工作人员挥手道别,温馨与不舍涌动。薄暮西行,云上苍穹,追着太阳,永远是光明。空气无瑕透明,颜色明亮纯净,造微入妙,变幻无穷。在赴格鲁吉亚的航班上,思绪繁杂,满心期待,丝丝忧虑。

第比利斯城市全景

4 月 22 日 第比利斯

第比利斯城位于大、小高加索之间,是重要交通枢纽,是格鲁吉亚的首都,是政治、经济、文化中心,是格鲁吉亚最大的城市。入住傍山酒店,快速穿梭在城邑间的车辆与滑板少年,为此沉稳静谧添加了些许青春的活力。

沁透的清晨,我们一行二十几人来到格鲁吉亚乔治·列昂尼兹国家文学历史博物馆。林乐成老师先行到了,看着从远处走来的我们,风趣地说:"第比利斯的清晨,很少同时出现过这么多中国人,从没这么'热闹'。"

格鲁吉亚乔治·列昂尼兹国家文学历史博物馆前的展览海报
东方蒸笼与西方壁炉

4 月 23 日 格鲁吉亚乔治·列昂尼兹国家文学历史博物馆

"中国纤维艺术世界巡展·格鲁吉亚展暨学术研讨会"将于第比利斯时间 4 月 24 日在格鲁吉亚乔治·列昂尼兹国家文学历史博物馆开幕，来自中国的六十一位艺术家的六十二件作品参展。

格鲁吉亚人民崇尚艺术，爱好人文，"高比林之王"基维·堪达雷里教授就是格鲁吉亚人，这里更是高比林编织的王国、纤维艺术的发源地之一。

初入格鲁吉亚乔治·列昂尼兹国家文学历史博物馆，环视一周，与其他展厅无异，其间一号厅有一壁炉，吸引众人，纷纷拍照。待通知作品展示位置时，我萌生了将作品置于壁炉前的想法，林乐成老师欣然同意，便有了中国的蒸笼与东欧具有三百年历史的壁炉的组合呈现。

　　羊毛、丝绵、化纤；缝缀、蜡染、缂丝；展铺、悬挂、陈列；平面与立体；传统与现代，越发觉得纤维艺术像一张网，连接情感，贯穿时空。

第比利斯街头

闹市街角

4月24日 生活·艺术·诗歌

格鲁吉亚人热爱生活,热爱艺术,城市人口较少,但大都有着很高的精神追求。法国作家大仲马在书中写道:"格鲁吉亚人可以几天坐在餐桌前喝酒、谈天、写诗、娱乐。"

传说上帝欲将土地分给人类,格鲁吉亚人因贪杯迟到未得到土地,豁达的格鲁吉亚人并未失望,还将美酒与上帝共享,上帝被其对生活的热爱与宽阔的胸怀打动,将一片沃土给予他们。

没有任何一个民族像格鲁吉亚一样,给葡萄与葡萄酒如此多的赞美:诗歌、舞蹈、绘画与雕塑。格鲁吉亚诗人赞美岸边的一朵鲜花;为一场初雪作颂;面向大海吟唱奏鸣曲,吉茨安·尤斯金诺维奇·塔比泽在《不是我在写诗,而是诗在书写我的故事》中写道:

诗是什么
用雪垒起来的、会死去的、行将就木的
而这一切仍将活生生地被抛弃
这就是诗

足见其浪漫、勇敢、壮丽。

上：第比利斯城被一条河分成了两部分，
一边是传统的老城，一边现代的建筑

下：格鲁吉亚国家博物馆内藏品

4月25日 晴空

展览期间，在第比利斯城中散步，道路折转交错，偶遇慵懒着晒太阳的小猫，想起格·阿巴希泽的诗："我已把所有的地方走遍，只身一人，白发斑斑，眼里虽然尚有火花，却早已心灰意懒。"故此，内心惬意，却也忧愁。

大家前往第比利斯市中心，辗转了几条路，穿过一条繁华的地下道，来到高比林"编织之王"基维·堪达雷里教授的工作室。基维·堪达雷里是著名的格鲁吉亚纤维艺术家，对编织、水彩有独到见解，很多作品都已成经典之作。我曾在国内某艺术类杂志上看到过他的作品《Season of Ripe Grapes》，却不知是基维教授所作，如今原作就在眼前，细细品读，更为震撼。基维认为：艺术家需要艺术至尚。他"享受创作所带来的幸福、承受漫长艰苦的制作过程，表达内心世界的感受"。基维教授的作品饱含传统基因，富于精神内涵，他造就不朽的纤维艺术，当是一个时代的讴歌。

日暮时分，云霞向太阳游去，我们也陆续返回酒店。买了当地的石榴汁，新鲜适口，回味无穷。

明天将踏上去往亚美尼亚的行程，不巧爆发了大游行，听说有些道路都瘫痪了，同行人打趣地说："没关系，我们是飞进去的。"大家都没有取消行程的意思，去吧，或许是一场"特别的"视听盛宴。

从上至下：
格加尔德修道院内部
兹瓦特诺茨大教堂遗址
雪山
编织女工
埃里温美术馆里的构造雕塑作品

市政厅前热情合照的士兵

4月26日 自由与安全

亚美尼亚人成群地聚在街头、广场、雕塑下、喷泉边,唱跳说笑的年轻男女,成群结派的慵懒士兵,排山倒海的口号,尖锐震耳的汽笛。爆发游行的缘故,游客很少,我们自成两排穿蹀,也像"游行"一般。

虽然首都埃里温爆发了大规模游行,但加尔尼神庙、格加尔德修道院、埃其米亚津大教堂、埃里温美术馆、兹瓦特诺茨大教堂等温静如常。快速转了神庙、教堂、美术馆,得知很多亚美尼亚国家的历史文化。

亚美尼亚是一个苦难的国家,永恒、伤痛、执着,残酷的暴力屠杀已然远去,滞后的社会经济不会永远继续,看着广阔田野深处的皑皑雪山,震撼、感动,充满希望。

大概当激情沉淀为智慧时,才算真正成熟。

上：格鲁吉亚菜谱上的 Khinkali

中：田园温度·蒸（局部）

下：杜大恺先生留言

4月27日 无边界

回到第比利斯,林乐成老师依然在展厅里忙碌,展陈方式会极大影响展览效果,如遇契合的展厅、展台,是对作品的馈赠。

我的作品《田园温度·蒸》契合了格鲁吉亚的饮食文化。当地有一种非常普遍的菜肴,称为"亨卡利"(Khinkali),有皮、馅、褶,类似中国的包子,两者一煮一蒸,方式不同,呈现一致。

"道行之而成,物谓之而然。"我用棉布缝缀、填充,再现了包子这一传统美食。蒸笼、雾气等视觉效果,打开了人们的味蕾,通过现场互动,进而使心境相通,连接格鲁吉亚与中国的文化、艺术。杜大恺教授在致辞中提到了我的作品带给两国人民亲切感,并在留言册上写下寄语:"创造新生活。"

在博物馆工作人员的帮助下,用格鲁吉亚文写了留言册,一位小哥哥在作品前端详了一阵,热心地写下了自己想说的话,并用格鲁吉亚文写下了我的名字。他说:"我搞音乐,艺术都是相通的,我能够理解你的表达,用音乐的方式。"后展览开幕,他向我解释了所有留言册上的格鲁吉亚文字,衷心感谢!

那些向我介绍格鲁吉亚的"水煮包子"并要我一定品尝的、看到作品时满目好奇与惊喜的格鲁吉亚人,都让我异常感动。想起日前林乐成老师说的:"艺术应作为国与国之间交流的媒质。"基维·堪达雷里教授曾在2000年国际纤维艺术学术研讨会上提议复活国际纤维艺术双年展。届时,袁运甫先生在《纤维艺术的千禧盛会》一文中提到:"2000年的大展,正处在千载难逢和世纪之交双喜临近的时刻,因此它自然

田园温度·蒸，布展现场

地会引起人们回眸那已经过去的艺术历程和足迹,又同时给人们催生了对新世纪纤维艺术的前进的期盼。"

生活需要艺术,艺术需要交流,透过展览,通过艺术的媒介与人之间的交流,实现着文化间的沟通碰撞、融会贯通。

从上至下:展览现场

260 · 感知而不定名 ·

上：第比利斯旱桥市场
中：第比利斯旱桥市场
下：第比利斯古教堂内的烛光

4 月 28 日 平行世界

第比利斯的旧货市场，在桥头、林间、小广场，摆满地的老物件，两三聚在一起下棋的人，于林间穿行、讨价还价，都让我想起北京的潘家园。和中国一样，格鲁吉亚是一个有文化底蕴的国家，文化的相通性可见一斑。

热情的当地人对我打招呼："安宁哈塞哟"（안녕하세요）、"kon ni chi wa"（こんにちは），甚至"萨瓦迪卡"（สวัสดี）。大概在格鲁吉亚人民眼中，亚洲面孔，长相都差不多吧。其间有各型各色的斯大林和列宁徽章，我买了几枚布尔什维克与列宁的徽章，老板说："oh！ You are Chinese."

第比利斯 薄暮中的机场

4月29日尾声

天色破晓前的朦胧中,大家来到机场,我们在格鲁吉亚留下了作品与友谊,带回了美好与回忆。

奔波一路,重返校园,正值校庆,一片祥和。东南门挂有大大的横幅:"欢迎校友返校。"内心和着:"回来了!"应觉,前途更多忙碌、未知,再写,再创作!

戊戌立夏修订于清华园

尚村晨景

情生合

有幸参加"共生·青年艺术家联展",从接到展览邀请,到赴安徽尚村布展、开幕,再返京,匆匆几日,感触良多。

共情

初到尚村,充满陌生与好奇。傍晚时分,满目的油菜花田与葱葱绿荫、时隐时现的徽派建筑、热情朴实的村民,觉得自己从北京的层层大霾中突出重围,来到了一处"世外桃源"。

从村民口中得知,尚村由于地势高而取名尚(上)村。高山泉水随暗渠流经每一条小巷,拾级而上,迂回婉转,走到哪里,都有萦回的水声相随,有时更是不见水踪,但闻水声。

春分时节,人们多对油菜花慕名而来,我觉得这片传统村落民居更引人入胜。房屋密集,错综复杂,一处处马头墙,小青瓦错落有致,属典型徽派建筑。有时会无意间走进私家住宅,一次走进了一处厅堂,墙上挂着有年代感的书画,不禁合影留念。后来结识章熙云大哥,去他家看其写书法,才知两天前误入了他的家。

章熙云大哥生在书香门第,在动乱的年代中受到牵连,小学四年级辍学,后染上疾病,不能起床,一为调养身体,一为生计,写起书法,一写便是三十年。他说书法可以静心、修身,后来能起身了,现在更是

从上至下：

粉墙黛瓦

暗渠

老木门

晾晒鱼干的老人

可以像常人一样走路。他一直住在老房子里，双亲已故，孤身一人，平日里琢磨书法，几十年如一日。他说："有时没有条件拿笔，手放在裤兜两侧比画，去找书写的感觉。"聊着，他拉开"吱吱呀呀"的木门，迈过门槛，俯身在小溪里洗笔，缓缓起身，甩笔，潺潺的流水声中，宅子微弱的灯光从门里散出来，与月光交融，看着他的剪影，像从书中走出来的人。不知道村里还有多少像章熙云大哥一样的人，这里的人们大都有着沧桑的面孔、深邃的眼睛，背着竹筐，挑着担子，步履蹒跚，我尝试着用一种共情的同理心去了解、感受、融入他们。

皖南之地自古物质充足，注重精神追求，融于建筑的返璞归真，墙头壁画隐现着儒家思想，九百余年来，集山水灵气、民俗精粹，不知这片古村落里还有多少孤独又绚烂的灵魂。

清晨

上：章氏支祠

下：太和堂天井

共生

尚村敬祖之风盛行,更有"十姓九祠"之说,村中建有祠堂。此次"共生·青年艺术家联展"有先天契机,加之融合当地特色,展厅选在太和堂、世宝堂与章氏支祠。其中,我的作品在章氏支祠展厅。

已到不惑之年的章熙东大哥,是村里留守的较为身强力壮的"年轻人",有一双炯炯黑亮的眼睛,章氏支祠大小事宜皆由他打理。短短几天相处,慢慢了解了章大哥:直率、淳朴、热情、真诚。

起初,章大哥是比较拒绝对支祠原有陈设等进行改动的,一来二去,接纳了我们。章大哥为我讲述了一些章氏的渊源,如自福建三迁至此地定居;祖先章得象在宋朝为宰相;支祠门对取自《宋仁宗御赐郇国公章得象诗》之"富贵皇朝第一家,文章紫殿芜双客",由章熙云大哥书写……让我对这栋古朴、神秘的支祠有了更多的想象与探寻。

布展第二天,我正焦急作品还未运到,转身看到章大哥正满头大汗地把作品抬来,搬进祠堂安装完毕时射灯也亮了,看着作品在色调沉稳的巨大的木质结构建筑的围合中,加之后上方"孝弟忠信"牌匾的映衬,一种莫名的感动涌上心头。

作品构思源于农耕文明时期中原地区的汲水工具,来到皖南之地的尚村,就地取材,围合了一圈青瓦,瓦片本用于引水,在此首尾相连取源源不断之寓意,也作为对南北农耕文明的时空对接。一位参观的游客说:这件作品虽然主题传统,但表现手法当代,从材质、主题、构造方式等,都与此支祠非常融洽。后来,我同几位村民和章大哥在展厅

上：源（局部）

下：源

聊天，他们都表达了希望展览结束后可以把作品留下来的意愿，这些都让我强烈地感受到了作品与此地的融合，为作品取名为《源》，"祈祀山川百源"，生生不息。

透过展览，感受到外来者与村民之间、艺术与生活之间、保护与传承之间、传统与当代之间的万物一元、和谐共生。

共生 摄影 / 章熙东

上：板凳龙舞

中：屋舍俨然

下：在天成象，在地成形，变化见矣

共合

展览开幕当晚，"食素斋，整洁身心"，村民们用豆腐宴表达了对我们的谢意。随后，举办了民俗活动板凳龙。板凳龙是一种舞龙舞蹈，相传源于汉代，由"舞龙求雨"的宗教活动演变而来。一张张板凳节节相连，前有龙头，后有龙尾，另有两人举明珠逗龙前行，板与板之间有木棍连结，每张板凳上都有一盏花灯，数十人同时抬起，协调行动，穿来摆去，随声唱和。我也加入挥舞的队伍，大家此唱彼和，融为一体。

尚村是一个有着强烈人文气息和悠久文化传统的原始村落，那些年久倒塌的木屋废墟，梁柱上自然腐烂、不断飘落的木屑，厚厚的灰尘，生锈的门锁，深感对此地的保护、继承和发展迫在眉睫。尚村有很多感人的故事，为大家忘小家的唐书记，为搭建老戏台出事故的老村长，为章氏祠堂留下来的章大哥，还有很多人，大家为共同愿景，为延续这片古老文化，做着很多努力。

在回京的高铁上，窗外风景渐行渐远，尚村的一幕幕不断浮现在眼前。希望更多人可知，在皖南的一处山湾里，有一座小村庄，民风淳朴，底蕴深厚，有漫天繁星、皎洁月光，有黑瓦白墙、飞檐翘角，有工笔写意的墙面壁画、潮湿鲜嫩的苔藓小路，有丰实的过去，更应有美好的未来。希望尚村故事被发掘，现在生活被感触，晴朗未来被点亮。

脑海中再次浮现从天井射下的阳光，汇聚成团，一股力道光线，在空间中循环反复，这是渺小的当下，也是蓬勃的未来。

戊戌谷雨于清华园

中式物语——故土追风·首届当代雕塑展海报

故土新风

仲春之初,随许正龙先生、孟祥轲博士、刘烽师弟,因赴"中式物语——故土追风·首届当代雕塑展"而至安徽。

仁和为人、契合做事

两次行抵徽皖之地,皆因展览,一为2018年共生展,再为此次故土追风展。不同的是,增加了策展助理的身份,自然为展览思虑更多,也因此体会策展不易。

此展,许先生任学术主持,3月14日薄暮时分抵至合肥师范学院,稍作休息,便同展览总监郭宝安先生及策展人杨泽银来到行知美术馆,为展厅效果忙碌起来。大到展厅的视觉综合呈现、作品的展陈方式,小至灯光的投射角度、展板的摆放位置,先生事无巨细、悉究本末,无不彰显作为一位成熟艺术家的睿智与卓识。郭宝安先生更是亲自布展,过夜里十二点,方才离开。次日,参展艺术家们间歇到来,与布展团队一起,将作品尽量做到最佳的展示效果,大家为此展览齐心出力,让人感动。

开幕式后,大家参观了展览,西班牙康普顿斯大学教授 Pilar Cabañas 女士、西班牙 CCACO 中西文化艺术交流中心主席于龙玲女士等对诸多作品都有很大的好奇与惊喜之感。展览亮点之一,在于对

上:《风景礼盒之原乡》,许正龙作品
中左:《和》,刘连第作品
中右:《赶集瞬间》,孟德乾作品
下:研讨会

诗性文化的探寻,对诗意氛围的营造。

研讨会分两场进行,第一场由陈培一先生主持,议题为《地域文化·故土追风》;第二场由宋伟光先生主持,议题为《当代雕塑·中式物语》。二位先生的主持凸显了厚重的文学艺术素养,不乏幽默机智,分有专家与艺术家做研讨发言,听者也对这两个主题做了分享和自我感悟。

如许先生所言:徽皖之乡,人杰地灵,黄淮之间,不乏哲学、文学、艺术大家。此次28位参展艺术家的故乡大都在徐州方圆两百里内,在中式物语的语境下,凸显了"仁和为人、契合做事"的深度追求。

和自然、合艺术

一路南下,感受"始雨水,桃始华,仓庚鸣,鹰化为鸠"的万物复苏之美,源泉徽文化民俗博物馆更是给人留下深刻印象。古徽州门窗展陈、徽派瑞兽石雕、石刻人物造像等无不令人赞叹。

来到寓意"欲高门第须为善,要好儿孙必读书"的崇善堂,大家围坐在天井下聊天、品茶,做短暂休憩,触发对生活、自然与艺术的联想。艺术应是顺其自然的、和谐的、生活化的,若与生活脱离,将不复存在,在中国传统文化语义中尤为凸显。以秦汉时期为代表的石刻艺术,不同于古埃及的威严,不同于古希腊的律动,不同于印度神像的曼妙,形成独特的庶民风格。一块块随形雕刻的石兽,是对自然的和谐共处;一幅幅展现市井民俗的画像砖,是对现世生活的流连;一张张蕴含美好

上：敦伦堂

中：狮子狗与石狮

下：与西班牙驻华使馆文化参赞 Gloria Minguez 女士、
西班牙 CCACO 中西文化交流中心主席于龙玲女士交流

寓意的牌匾，是对轮回永世的向往。

"日出而作，日落而息，逍遥于天地之间而心意自得"的庶民文化，是对大地的热爱，对平凡生活留下印迹，用雕塑、绘画、舞蹈、诗歌，流过漫长岁月，延续至今。农耕文明下的"田园"主题，自古至今，都受文学、艺术人的青睐。欧洲古代诗人忒俄克里托斯描绘西西里美好的农村生活，首创田园诗。中国东晋诗人陶渊明开创田园诗体，恬淡自然，今人仍在吟诵："采菊东篱下，悠然见南山。"

宋代诗人杨万里作诗："此圃何其窄，于侬已自华。看人浇白菜，分水及黄花。"赞美田园白菜之朴实无华的美。齐白石先生作《白菜》图，题句："牡丹为花之王，荔枝为果之先，独不论白菜为菜之王，何也？"由于其耐寒、高产、易存储等特性，明代始称"百菜之王"。其音似"百财"，在中国语境下更多了一份特殊的寓意，十分讨喜。

参展作品《田园·白菜》，运用绗绣工艺，用白织坯布通过缝缀、填充等方式，造就田园风物之白菜，正用一种朴素、平凡的表达方式，借田园印象，追忆故土。

英国诗人瓦特·兰德曾作诗吟诵自然与艺术，杨绛先生的译本更是广为流传："我和谁都不争、和谁争我都不屑；我爱大自然，其次就是艺术……"自然之美为大美，创作融于自然，进而表达，谓之"和自然，合艺术"。

已亥春分于清华园

姑苏平江路

行走江南

公元前 335 年，亚里士多德来到雅典，创建"逍遥学派"，其得名是因他常与学生在一起边散步边讨论学术；春秋时期，孔子 55 岁，带若干亲近弟子，周游列国，欲兼济天下。

此次江南之行，与导师许正龙先生、刘烽一道，切身体会了此种行走中的"布道"，身心的游走触发思想的碰撞。"注重发挥想象力，探求原创性方式，创作'中国、当代、个性、灵智'的作品，述说'中式物语'，丰富雕塑文化类型，营造新型人文空间。"乃先生的学术理念之一。

上：凳之根，木，许正龙
下：田园温度，木、纤维，柴鑫萌

"东方"

东方,不仅是地域,更凸显立场,基于东方特有的万物灵动之理念,艺术家赋予作品内在活力。"千年虎阜·中式物语"——2019年中国苏州虎丘雕塑大展如期而至,无论从参展作品的构造方法、形式语言,还是以"自然与文脉"展开的学术研讨会,皆体现出中国的定位。春秋时期的孙武练兵场顺承自然,而今展开学术文脉之研讨;雕塑作品走出室内,进入公共视野与大众对话。展览主题强调不是单一的,而是综合的,如许正龙的作品《凳之根》,在作品形象上,不仅是树干,还是一把木凳,对自然树木做变形异化处理,形态不是单一的,是构造的;通过转换物质形态,彰显自然、人文关怀,表意不是单一的,而是融合的。从观众的角度审视作品,传情达意,和谐互通,也是此次展览最大的挑战之一。

拙作《田园温度》,在鲜花的簇拥下回归大地,与有"井底泉眼潜通海"之说的古迹——憨憨泉结缘,连接传统,对话自然。当我被游人邀请合照时,感受到作品是被认可的,内心喜悦。在当代语境中,需要怎样的公共艺术,怎么做当代公共艺术,都是值得我们思考的命题。

上：剪湘云,不锈钢,许正龙

下：雨,花岗岩,沈烈毅

"当代"

　　集古建筑、创新山水园林和现代化馆舍建筑为一体的苏州博物馆当属典型当代建筑，蒋勋在《美的沉思》中曾说："没有美，没有沉思，成就不了文明。"贝聿铭的设计让人感受到建筑外衣下的空间之美，建筑与周围环境交融的契合之美，感受美在静静沉思中的心灵传递。

　　"云泉——中国传统美学的当代构型"展览的策划是建筑与雕塑对传统与当代的完美融合与阐释。其户外展区的两件作品《剪湘云》与《雨》，分别呼应"怡意之云"与"洗心之泉"，不锈钢与石材分别为当代与传统雕塑的典型材料，由此可见展览的构思精巧。许正龙先生的作品《剪湘云》，既是物态的，即修剪云霞的剪刀；又是动态的，即望天啼叫的飞鸟，不锈钢材料裁切出的工业线条与苏州博物馆建筑相得益彰。沈烈毅的作品《雨》，黑色坚硬的花岗岩表现的却是冰凉剔透的雨，灵动的诗意与苏州博物馆的环境融为一体，嘈杂的游客与静谧的作品又形成鲜明的对比。

景德镇陶瓷大学（湘湖校区）红楼

"个性"

个性,是有视角和想象,是赵佶在完善的工笔画中对诗、书、画、印的统一,是印度雕刻中通过形体的盘旋展现出的极致曼妙,是那些穷极一生都在探寻、突破表现手法的艺术家。庄子在《齐物论》中道:"天地与我并生,万物与我为一,天地虽分身百亿,其实本为一体。"此行结识了很多人,活跃或清隐,张扬或内敛,多以独特方式坚持做着与艺术相关的事业。无论雕塑、绘画、书法,还是石材、木材、陶瓷,时常被独立的人格和鲜明的个性深深打动。"想想能够从事艺术,其实是一件很幸福的事……"在傍晚的阳台下,伴着丝丝细雨,黄胜先生娓娓道来。他的作品与其为人如出一辙,真诚与智慧自然而然地流露。

一个民族的人文与风骨离不开个人往事与集体记忆,艺术家凝缩思考,传达文化诉求,彰显生命气质。

从右至左为许正龙先生、刘烽、夏和兴先生、黄胜先生、柴鑫萌、宋伟光先生

上：苏州博物馆，人工园林

下：乡情悠悠，树皮，刘烽

"灵智"

灵智,行踪所至之处,不管是人工园林,还是自然河流,无一处死水。水是流动的,是有生命的。水动,则灵,灵动产生智慧,所谓灵智,怡然而至。

自古至今,不乏灵智之作:东汉的马超龙雀,一足踏飞燕,三足腾空而起,昂首鸣嘶,巧妙地展现了一只破雾驱云的神马;刘烽的作品《乡情悠悠》,用树皮构造手的形态,隐喻山河大地的自然母爱,通过生长的青苔、散逸的木香、特殊的肌理等多重感官体验,创造非现实的现实、不可能的可能。就像冯友兰先生说过的:"富于暗示,而不是明晰的一览无余,是一切中国艺术的理想,诗歌、绘画以及其他无不如此。"对于传统文化,不仅要继承,还应当活化,为当代社会服务。如何活化运用,就考验艺术家的灵智思考了。

婺源沿岸,自然河流

　　短短数日,四月莺歌,绵绵细雨,都未错过。伴随展览、研讨、讲座、参观等,一个立体的江南画境使人印象深刻。自然与物语、生活与创作、地域气候与艺术风格,浑然一体,相生相融。

　　"惊异、闲暇、自由"是亚里士多德提出的关于哲学与科学诞生的三个条件,艺术何尝不是如此! 近日在此感受中体会到中式物语"中国、当代、个性、灵智"之理念,不虚此行也。

己亥春日于清华园

溯、毛禹、吴丽云、柴鑫萌，冰雕，180cm×75cm×40cm，2018

荐冰

寒

人，偏安温润沃土之域；冰，长存清冷荒野之地。提及冰，先觉寒。因其寒，睹冰怀乡，"冰消淅水知家近"；借冰抒情，"幽咽泉流冰下难"；托冰言志，"冰霜历尽心不移"。

竹之通，得其贤；梅之香，得其清；菊之资，得其隐。冰之寒，鲜有人赏识。"瀚海阑干百丈冰，愁云惨淡万里凝。"冰有惨淡、凄寒之感，余等先天不愿与冰亲近，"欲渡黄河冰塞川"。因其寒，冰之质非远观近玩得之，而生于想象。看似熟悉，实则陌生，冰是也。

清

大多宠爱，于艳如桃李，唯有清冷，留予冰天雪地。愈冷愈静，愈静愈清。在山居夜色中，生发"照水冰如鉴，扫雪玉为尘"的感慨；在清冷的月光下，唏嘘"孤光自照，肝肺皆冰雪"的境遇。

南宋名家范成大，习"江西诗派"，后自成一家，文风清新，有诗云："冰明玉润天然色。"清是一种难得的品质与状态，冰清玉粹如是。深冬的冰，未有融解之意，措意冻结时间，然静等冰融，心生慨叹："檐流未滴梅花冻，一种清孤不等闲。"

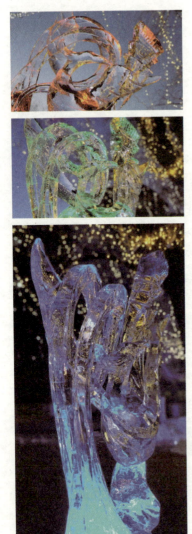

溯（局部）

释

被动等待冰的消融，得到的大凡是消沉的心绪，主动融入冰雪，会得到冰的净化。许似"夜阑卧听风吹雨，铁马冰河入梦来"般奔放，又或"北国风光，千里冰封，万里雪飘"般豪迈。

一反盛唐圆润华丽，险幽奇避的"任气"刘叉，作《冰柱》："或低或昂，小大莹洁，随势无等差。始疑玉龙下界来人世，齐向茅檐布爪牙。又疑汉高帝，西方来斩蛇。"以冰的品质自比，成世间绝唱。

值此年末寒冬，执意冰骨。

戊戌甲子于清华园

溯（局部）

云风景，综合材料，尺寸可变，2020

云风景

云上空间

庚子年初,玄云缭乱,突来的疫情,肆虐寰球云翻雨覆。防控举措有条不紊,仿佛一夜间风雨满城。科技的发展让我们习惯了相信那些虚无与不确定,对荒诞乖张亦习以为常,尽管如此,大概谁都没有料到,将大家迅速拉到"云上"的导火索,不是前沿科技,而是生物病毒。近年来,人们的时间一直被温煮式地碎片化着,如今"抗疫"隔离又打碎了行为空间,时空碎片跌落、飘移、飞腾,于"云中"汇聚,林林总总、形形色色的信息似雨后春笋冒出云端,充盈在看似更大的虚拟空间中。

"广开兮天门,纷吾乘兮玄云",扶摇直上,漫步云霄,时下确有追风逐日、听长空之淋淋、汇虚幻时空之感。

风之气息

息随风动,一日千里,契合的"中和"文作,徐徐汇聚万物复苏。薄伽丘在《十日谈》中写道:"且不说大家互相回避,街坊邻居互不照应,即使亲戚之间也不相往来,或者难以探望。"瘟疫与疾病促使我们重新思考人与人、人与自然、人与社会的关系。在此特殊时期,导师许正龙教授作为学术主持,汇集师门文作,以网展形式举办"中和文作·2020

云风景(局部)

春之云汇"展。师门学子多有近作，感应时代特性，抒写个人情感。现实世界衍生人类行为，艺术作品记录社会事件，我们所处是怎样的时代，或能从艺术中寻得一些答案。

"岂是云能行？诗者思行矣！"故云上，乃思想驰骋之高地。拨云见日，现时代表征，追索历史，蕴藏文化，揭示人性。

景生情境

惓惓之忧，丝丝入扣，萦绕的"春云"游丝，纠缠缱绻新思派生。近日宅居家中，眼睛被电子屏幕捆绑，于前庭后院间随意走动，视线被墙角的枯藤缠住，反复观摩，隐形的自然之境映射其间，萌生出以客观实体与抽象媒介相结合的方式传达心境的想法。所触有限而意象空间无尽，追问：抛却理性与机械的创造是否真实存在，表达自然和合的道路是否只有一条，人类终极的目标是否有可解的答案。这些问题不断拉扯着我于交错的时空中穿行，现实生活也开玩笑似的上一刻还是正午，下一刻已见月光。

"永结无情游，相期邈云汉。"邀月影对舞，于银河相会，四散缥缈却意味悠长，对自然和合的渴望，对无尽时空的追问，如"大旱之望云霓"，无尽矣。

庚子春于易县家中

半藏濠

东逝水

作品《源》《田园·白菜》有幸获评第四十届国际泷富士美术奖优秀奖,应日本交通文化协会邀请,同导师许正龙教授一道参加颁奖仪式、恳亲会及参观交流等活动,时间短暂,感触良多,遂将东京见闻与体会做一记录。

见微

藏在地铁上车口指示标志上凸起的盲文标识,环树围建的高低有致以适应不同身高需求的座椅,随着时间流走渐变闪烁的行人指示灯,融于园林及建筑角落的枯山水文化,公共雕塑中对空间构成及材料肌理细节的展现等诸多巧妙设计,仿佛宣示着东瀛人天生有着一份

从上至下：
外苑
半藏濠
围墙与地面的过渡
国际文化会馆屋顶上的枯山水

对细节的执着和对方寸的把握。对细微之处的情感投入,衍生出对此时此刻、此情此景无比珍惜的情感。用"当下这一刻将永远不会再来"的心情去生活,每一处微小的存在,每一个微妙的瞬间,都变得弥足珍贵,细腻得让人心生敬佩。

微,是短促、细小的存在,北宋文人苏洵曾言:"惟天下之静者乃能见微而知著。"隐匿于细微之处的妙笔,往往亦包罗万宇,透过时空,传递幽芳。

物感

在东京的街道、地铁站、公园或便利店,身处其间总会身心舒适。整座城市对复色系统的运用、亮度适宜的霓虹灯、景致考究的门面、干净清新的车辆、井然有序的建筑、蔼然和善的面孔等,都让人恬逸安适。少有刺眼的颜色、嘈杂的声音来刺激你的视听感官,城市的岩石、树木、砖瓦的特质尽量多的被凸显出来,真真切切地存在,散发原始的自然气息。对自然的尊重与敬畏之心,衍生对物的珍惜,一草一木、一砖一石都有自身的"气"及散发的气场。东汉哲学家王充在《论衡·自然》中道:"天地合气,万物自生。"无数人与物的聚集即"气"的聚集,气的聚集会产生更大的、整体的气场。

从山鹿素行的"上天无形象,唯一气而已",到伊藤仁斋的"道为万物本原",再到荻生徂徕的"物论",日本古学派由气到物的推演,对物之气恰到好处的感知,尊重万物存在的价值,自然产生良好的体悟空间。

上：素雅广告牌

下：六本木公共雕塑

礼遇

短短数日,有限地接触当地人,单就接触到的人里,个个待人彬彬有礼,端庄得体,行为举止注重仪式感。职业素质良好的、着西装打领带的出租车司机;无论何种场合,不争抢,秩序排队的行为习惯;一棵树被伐会专门写说明对市民交代原由,源于对他人的尊重、对自我的体谅、对神明的祈求、对自然的敬畏而肯定个体的存在,彼此传递信任与敬意,富有秩序感。知礼明仪,对礼节的推崇,同时也是对个体存在价值的肯定。

东方审美意识里,"天地虽分身百亿,其实本为一体"。在此本源意识中,人与物得以既保有各自的独立性,又相互关联、和睦共存。

隐秘

夜晚街道幽静,更凸显城市人性化的设计细节,为了不晃到行人的眼睛而反向照射的路灯,透过反光板在朦胧中传递着温和的信号,铺满鹅卵石的地面上跳跃的喷泉似精灵在窃窃私语,隐秘之美潜匿于城市之中。标志设计及生活用具陈设方式尤为明显,广告等信息不会以自傲的姿态嚣张跋扈地呈现,而是静谧地存在,当你需要时,便会自然地发现。这一特质极像江户时代的文人画,从笔墨的留白中寻见光景。隐秘也经常被艺术家用于创作,在作品中使用隐喻或留白,予以观者更多的想象空间,通过观者与作品的二次共建,从而实现作品整

从上至下：
环保课上的学生
现代建筑夹缝中的神社
夜间喷泉
远眺富士山

体的意义。

　　隐秘中散发绮丽,阴翳中感受清朗,幽暗中探寻微光,这种反衬的美与留有余地,给予人更多的感触与遐想空间。

自然

　　对自然依赖与尊重的情感已在此地扎根,私人住宅抑或公共空间,会看到许多自然之物原始质感的保留与设计,大量运用石与木,也不乏借助光与水,甚至是地势微妙的起伏与寒风扫过的落叶,都在城市中扮演着角色。对待这些大自然的馈赠,人们珍惜并加以利用。磨砂石墩结构转折处的平滑处理,使同一材质展现了多种肌理;用芦苇与细密草丛自然连接的河岸,隐去了人工痕迹,而尽量多地铺展自然;可随时更换、与环境融为一体的木质名牌,既环保,又与天地融合。巧遇日本美术展览会,印象较深的便是大部分作品都表现出对自然的赞美,对肌理的展现,以及对细节的迷恋。

　　似乎有一种内在需求的动力,促使着材料的肌理美感和自然天成的展现,对自然心怀敬畏往往会让我们为一种洗尽铅华、返朴归真的美所迷恋与震撼。

上：城市建筑为植物留有生长空间

下：秋日落叶　摄影／许正龙

对细微之处巧妙把控,对物之气场深切感知,对个体价值尊重肯定,在隐秘中传递唯美,在隐秘中散发微光,在自然中追寻真义,便是我短短几日对一衣带水之邻邦的印象了。

感谢导师许正龙教授的敦敦教诲与循循善诱,使我游艺扶桑时感触良多,专注于审美意识之启示,透过外在表象,思考其深层次的原由,受益颇丰。

乙亥立冬于清华园

主要艺术活动

参展

2020

再生博物馆——青山展　北京

"联结·丛生"　海峡两岸艺术交流创作展览　浙江杭州

创意工美——中国工艺美术创新作品大赛　福建厦门

生声·中国当代生态艺术展　北京

河北雕塑产业技术研究院成立暨雕塑展　河北曲阳

"中和文作——2020 春之云汇"线上展

上下一度·当代艺术邀请展　线上展

2019

"炼"第五届薪技艺国际青年工艺美术作品展　北京

紫金奖·中国（南京）大学生设计展　江苏南京

北京国际设计周博览会　北京

"灵感的轮廓"清华大学美术学院学生作品展　北京

中式物语——故土追风·首届当代雕塑展　安徽合肥

创意工美——2019 中国工艺美术创新作品大赛　福建厦门

中式物语——中国当代雕塑邀请展　江苏苏州

和·国际当代艺术邀请展　山东潍坊

MAJOR ARTS EVENTS

Exhibition

2020

Regeneration Museum —— Castle Peak Exhibition

"Connecting and Clustering" Cross-Strait Art Exchange and Creation Exhibition.

Creative Crafts —— 2020 China Arts & Crafts Juried Competition.

Chinese Contemporary Ecological Art Exhibition.

Hebei Sculpture Industry Technology Research Institute was founded and Sculpture Exhibition.

"A collection of articles and art pieces" 2020 The Spring Online Gathering Contemporary Art Invitational Exhibition

2019

"Refine" The New Crafts International Emerging Artists Group Exhibition

Zijin Award College Student Desing Exhibition (Nanjing) China

Beijing International Design Week Design Expo.

"The Shape of Inspiration" Work Exhibition of Academy of Art & Design, Tsinghua University

Chinese Poetic Sculpture —— The Exhibition of Reclaiming in Homeland.

Creative Crafts —— 2019 China Arts & Crafts Juried Competition.

Chinese Poetic Sculpture —— Invitation Exhibition of Chinese Contemporary Sculpture.

Composite • International Contemporary Art Exhibition.

2018

国际纤维艺术世界巡展——格鲁吉亚展　第比利斯

为宅雕塑·2018 中国青年雕塑家邀请展　山东潍坊

"共生"青年艺术家联展　安徽宣城

新时代·学院风——学院新锐艺术家提名展　北京

"灿"第四届薪技艺国际工艺美术展　孟加拉达卡

"学院本色"美院在校生创作展　浙江杭州

2017

杏林撷英——全国高等美术院校学生优秀作品邀请展　上海

"承续·拓展"第六届北航艺术馆当代艺术邀请展　北京

2016

中国姿态·第四届中国雕塑大展　山东济南

"从洛桑到北京"第九届国际纤维艺术双年展　深圳

曾竹韶雕塑艺术奖学金提名展　山西大同

千里之行——中国重点美术院校第七届毕业生优秀作品展　北京

2015

IMPACT9 国际版画展——书的维度　浙江杭州

"学院本色"美院在校生创作展　北京

第五届清华大学美术学院学生优秀作品展　北京

2018

Contemporary Chinese Fiber Art Exhibition "Tour to Georgia".

Sculpture for Life 2018 Chinese Young Sculptors Invitational Exhibition.

"Symbiosis" Young Artists Joint Exhibition.

New Times —— College Style —— School New Artists Nominated Exhibition.

"Splendid" The 4th New Crafts International Artists Group Exhibition.

"Academic Original Creative" The Academics Creative Art.

2017

Considerable Elites —— National Invitational Exhibition for the Outstanding
Student Works of Fine Art Colleges.

"Inheritance • Development" The 6th Contemporary Art Invitation Exhibition of
Beihang Art Gallery.

2016

Chinese Pose • The 4th China Sculpture Exhibition.

"From Lausanne to Beijing" The 9th International Fiber Art.

Zeng Zhushao Sculpture Fellowship Candidates and Winners.

The Start of a Long Journey —— The 7th Exhibition of Outstanding Works by
Graduates of 2016 from Key Art Intitutions of Higher Education in China.

2015

IMPACT9 International Edition Exhibition —— Book Dimension.

"Academic Original Creative" The Academics Creative Art.

The 5th Exhibition of Outstanding Works of Students from Tsinghua University.

获奖

2019

第 40 届国际泷富士美术奖　优秀奖

北京设计博览会月桂奖　最佳设计创新奖

紫金奖·中国（南京）大学生设计展　优秀奖

"灵感的轮廓"——清华大学美术学院学生作品展　优胜奖

2018

哈尔滨工业大学第二届国际大学生冰雕大赛　二等奖

2016

曾竹韶雕塑艺术奖学金提名奖

"从洛桑到北京"第九届国际纤维艺术双年展　优秀奖

2015

第五届清华大学美术学院学生优秀作品展　优秀奖

Award-Winning

2019

The 40th International TAKIFUJI Art Award.

Beijing International Design Week Design. Expo Laurel Award the Most Innovative Project

Zijin Award · College Student Desing Exhibition (Nanjing), Honorable mention.

"The Shape of Inspiration"——Work Exhibition of Academy of Art & Design, Tsinghua University First Prize

2018

Harbin Institute of Technology Second International Ice Sculpture Competition for College Students The second prize

2016

Zeng Zhushao Sculpture Fellowship Candidates and Winners , Nomination Award.

"From Lausanne to Beijing" The 9th International Fiber Art, Honorable Mention.

2015

The 5th Exhibition of Outstanding Works of Students from Tsinghua University, Honorable mention.

跋

自2012年考入清华大学美术学院,至今已在园子里学习、生活八年有余了,俯仰之间,时光荏苒,身处园中倍感珍惜,亦时常告诫自己:"及时当勉励,岁月不待人。"

平凡中的奇妙引人逗留,生活里的艺术恒定长久。

游弋文集从生活出发,通过于海内外的考察、实践与访学,感知生活,发现生活中的艺术与美,从美学角度审视、凝练对"生活与审美"的思考;作品多运用中国传统元素,以构造的手法与"中式物语"的巧思搭建,旨在以诗性、简约的现代审美,打破传统工艺与当代艺术的边界,其中多件参加国内外重要展览并获得奖项;文作内容包括近年来参加的学术展览、比赛、讲座的感言及艺评,参加格鲁吉亚展览,哈尔滨冰雕大赛、安徽策划展览,日本国际泷富士奖颁奖式等学术活动,旨在用艺术方式寻归生活本质,述说"中式物语",串联起一条"和合之道"的生活与艺术的道路。

文作得以集成出版,感动于来自良师益友的支持与帮助,感谢导师许正龙教授一直以来的谆谆教诲,先生秉持"中式物语"与"和合之道"理念,并身体力行地将这一理念贯穿于他的理论研究、创作实践和艺术教育中,他的思想言行予以我全面影响;感谢悉心教育过我的老师们;感谢师门的兄弟姐妹和同学们;感谢父母和亲人,没有你们的支持与教导、关心与理解,我定无勇气与魄力出版此书,衷心致谢。

柴鑫萌

庚子年芒种,于清华园